Janet McClellan
Kansas City-Bomber

Janet McClellan

# Kansas City-Bomber

*Offensive Krimi*

aus dem amerikanischen Englisch
von Elisabeth Brock

*Frauenoffensive*

1. Auflage, 1998

Originaltitel: Kansas City Bomber


ISBN 3-88104-305-5

Druck: Clausen & Bosse, Leck
Umschlaggestaltung: Erasmi & Stein, München

Dies Buch ist gedruckt auf Papier aus chlorfrei gebleichtem Zellstoff.

# *Die Personen*

| | |
|---|---|
| Tru North | Kriminalbeamtin |
| Captain Rhonn | ihr Vorgesetzter |
| Fred Quire | Detective |
| Harold Baker | Polizeichef |
| Bob Jones | Polizeibeamter |
| Major O'Donoghue | pensionierte Kriminologin |
| Dr. Marki Campbell | Psychologin |
| Clarence Berenger | Handwerker |
| Carla Brighton | Aushilfsfahrerin |
| Martha Zweig | ihre Freundin |

# 1

In der Ferne ächzten die Züge über schwach protestierende Schienen. Ihre Pfiffe schrillten und entfernten sich von der Stadt. Kräfte, stärker als Räder und Gleisspuren, führten sie aneinander vorbei an ihr jeweiliges Ziel. Unten am Fluß richtete sich bereits die Dunkelheit ein.

Auf der Brücke über dem Eisenbahngelände stand eine Frau und stellte sich vor, wie die Züge durch die Nacht eilten und sich die heißen Bäuche rieben. Das Kreischen von Stahl an Stahl verklang. Je weiter sich die Züge entfernten, um so mehr beruhigten sich die Erschütterungen unter ihren Füßen. Sie blieb in dunklem Schmerz zurück. Die Geräusche spiegelten ihre Ruhelosigkeit, ihr trauriges Lachen folgte den Zügen hinaus in die weite, flache Prärie.

Minuten vergingen; sie stand da, vergrub ihre Ängste in den hochgeschlagenen Fellkragen ihrer Jacke. Sie überließ sich dem Gefühl, halb gestorben zu sein, zu dem ihr Leben geworden war.

Sie schnippte ihre letzte Zigarette über das Brückengeländer, beugte sich vor und beobachtete, wie der kleine rote Schein im kalten Wasser verglühte.

Sie fühlte sich, als hätte ihr Geist die Arbeit eingestellt. So fühlte sie sich schon seit Wochen. Ihre Augen folgten den winzigen Strudeln, die aus der Tiefe aufstiegen und sich an den Strombrechern auflösten. Wirbelnd tanzten sie unter ihr, und die gedämpften fluoreszierenden Lichter der Brücke spiegelten sich schwach auf der Wasseroberfläche. Der Wirbel rief sie, hypnotisierte sie, lud sie zum letzten Tanz.

Sie beugte sich gefährlich weit über die Brüstung, um die kreiselnden Strudel zu beobachten. Wie weit tanzten sie? Würden sie sich heimlich mit anderen Wirbeln unter der Brücke verbinden und einen kurzen Moment lang zusammen sein? Wurden sie größer dabei, oder verloren sie sich im reißenden Strom?

Sie stieg auf eine Querstange, Neugier und Vorsicht gegeneinander abwägend, und hielt sich schwankend auf dem breiten Eisenband. Sie tastete vorsichtig die Verstrebung ab und legte sich auf einen T-Träger.

Ihr Kopf ruhte auf dem rechten Arm, die linke Hand umklammerte das Geländer, als umarme sie einen imaginären, kalten Liebhaber. Ihr rechtes Bein hangelte nach sicherem Stand, das andere lag auf dem genieteten Verbindungsstück. Trotz der Angst lag ihr Körper ruhig gegen das Eisen gepreßt, in ihrem Gesicht aber kämpften Fragen, Zweifel und Klagen.

Die eisige Kälte des Metalls biß sich langsam durch ihre Jacke, durch das leichte blaue Hemd darunter und durch die Jeans die Beine entlang. Die Kälte fand ihr warmes Fleisch und streichelte es mit eisigen Fingern. Die Kälte des Eisens kämpfte mit ihrer Mattigkeit. Kühle Finger drängten sie langsam von ihrem gefährlichen Sitzplatz.

Sie stemmte sich mit den Armen hoch, zog ein Bein unter sich, bog den Rücken durch, warf ihren Körper nach vorn und sprang vom Eisenträger. Einen Augenblick später trafen ihre gestiefelten Füße schwer auf die solide Sicherheit der Brücke.

# 2

Während der zwanzigminütigen Fahrt zurück in die Stadt blies die voll aufgedrehte Heizung warme Luft über Trus unterkühlten, zitternden Leib. Der heiße Luftstrom normalisierte weder ihre Körpertemperatur noch ihre Stimmung. Kansas City in Missouri litt Mitte März noch immer unter einem hartnäckigen Winter. Anhaltender Regen hatte die frostigen Nächte verlängert und sie mit kühler Feuchtigkeit aufgeladen.

Trus emotionaler Zustand paßte zur Wetterlage der letzten drei Wochen. Der graue Winterschleier umfing ihre zerknitterte Seele wie der bewölkte Himmel die Spitzen der Hochhäuser im Stadtzentrum.

Von einem Begehren getrieben, das sie nicht benennen konnte, fuhr sie zu einer fast schon vergessenen Lieblingsbar, parkte ihren Wagen direkt davor und wartete bei laufendem Motor. Sie spürte immer noch das kalte Eisen an Brust und Rücken, und heftige Schauer überliefen sie. Sie blickte auf die grelle Neonreklame der Bar und wußte, daß sie nicht hineingehen wollte. Aber sie wollte auch nicht in eine leere Wohnung zurückkehren.

Sie konnte sich zu keiner Entscheidung durchringen, war sich nur irgendwie bewußt, daß sie mit ihren Gedanken nicht allein sein wollte. Nach der Sache mit der Brücke war sie sich nicht mehr so sicher, daß sie auf sich aufpassen würde, und inzwischen wußte sie auch nicht, ob sie sich anderen zumuten konnte. Jedesmal, wenn die Flügeltüren auf- und wieder zuschwangen, hörte sie Musikfetzen dröhnen.

Die unterschiedlichsten Frauen kamen und gingen, lächelnd, lachend, sich berührend, die Arme umeinander geschlungen. Tru beobachtete sie, und in der Dunkelheit ihres Wagens beneidete sie diese Frauen. Von deren Zufriedenheit und Lebenslust war sie weit entfernt.

„Nur Mut", redete sie sich leise zu. „Was kann schon passieren?" Viel, schalt die kleine Stimme in ihrem Kopf. In dieser Bar hatte sie vor drei Jahren Eleanor kennengelernt. Wenn sie jetzt hineinging, war das ein Akt der Hoffnungslosigkeit oder, schlimmer noch, der Resignation. Ein desillusioniertes, romantisches Verlangen nach der Vergangenheit.

Die Erinnerung an gebrochene Versprechen, an unangebrachtes Vertrauen und zerbrochene Träume ekelte Tru. Die Bar war der letzte Ort, an dem sie sein wollte, und der erste, zu dem sie gehen mußte.

Vor über sechs Monaten war sie zum letztenmal in der Bar gewesen. Eine Ewigkeit. Sie war mit Eleanor dort gewesen, damals gab es noch das zwischen ihnen, was sie für Liebe, Fürsorglichkeit und Vertrauen hielten. Jetzt war alles anders. Eleanor war gegangen, und Tru wußte, daß sie so verändert und verwundet war, wie Eleanor es beabsichtigt hatte. Spöttisches Gelächter hallte immer noch in ihren Ohren, lange nachdem Eleanor sie wegen einer anderen verlassen hatte.

Wochenlang war Tru wie betäubt gewesen. Bis heute abend hatte sie die notwendigen und mechanischen Alltagsaktivitäten nur mühsam bewältigt.

„Nur einen Drink, um wieder warm zu werden, in der

Gesellschaft netter Menschen", redete sie sich zu. „Und dann heim ins Bett, allein", versprach sie sich leise und hoffte, es klang überzeugend.

Tru North atmete tief durch und machte die Wagentür auf, nahm das bißchen Mut, das ihr geblieben war, zusammen, ging über den Parkplatz und durch die lockende Tür. Sie straffte ihre Schultern, folgte dem hämmernden Ruf des Rock 'n' Roll und schritt entschlossen in das flirrende Licht.

„Sally forth, sally on, Sally Ride, ride, Sally ride", summte Tru sich spöttisch aufmunternd zu.

Als sie eintrat, überfielen sie die Geräusche, Gerüche und Lichterwellen einer Bar am Freitagabend, in der alle nichts als tanzen wollten. In ihrem Kopf drehte es sich. Die Bar war schummrig, auf der Tanzfläche bewegten sich Körper durch die aufblitzenden Scheinwerfer. Das oszillierende Licht erinnerte sie an die magnetische Anziehungskraft des Flusses, sie schob den Gedanken schnell beiseite. Hier in der Bar zogen und lockten sie die rhythmische Bewegung und das Tempo auf die Seite des Lebens. Der ferne Fluß war viel bedrohlicher gewesen.

Eine Stimme an ihrem Ohr zwang sie, ihre neu erwachte Aufmerksamkeit der Gegenwart zuzuwenden.

„Zwei Dollar Eintritt und den Ausweis bitte." Die Frau am Eingang, die Tru angesprochen hatte, saß lässig auf ihrem hohen Barhocker. Sie trug die typischen Rausschmeißerklamotten – schwarze Jeans, Stiefel, Jeansjacke und ein weißes Seidenhemd. Ihr kastanienbraunes Haar war zu einem kurzen, lockeren Pferdeschwanz zusammengebunden. Sie war großgewachsen, und Tru wußte, daß sie, wenn sie sich entschloß aufzustehen, sie um mehr als einen Kopf überragte. Tru bemerkte ihre angenehmen Formen. Fest und kein Gramm Fett zuviel auf dem entspannt dasitzenden Körper. Die Frau sah blendend aus und wirkte, wenn sie lächelte, überhaupt nicht mehr streng. Sie erwiderte Trus fragenden Blick mit einem breiten Grinsen und wiederholte ihre Aufforderung.

„Zwei Dollar und Ihren Ausweis. Ich muß wissen, ob Sie alt genug sind für dieses Lokal." Ihr gewinnendes Lächeln ließ regelmäßige weiße Zähne sehen.

Tru nickte und griff in ihre rechte Hosentasche nach der Geldbörse. Sie verdeckte ihre goldene Dienstmarke sorgfältig mit der Hand und holte zwei Scheine heraus. Sie kam sie zum Vergnügen in die Bar, außerdienstlich. Tru zog ihren Führerschein unter dem Polizeiausweis hervor und gab ihn der Frau.

Die Türsteherin blickte auf den Ausweis und dann Tru ins Gesicht. Ein winziges Lächeln erschien auf ihren Lippen.

„Tru North? Heißen Sie wirklich so?" In ihren dunkelbraunen Augen spiegelten sich die blitzenden Lichter des Tanzbodens.

„Ja, seit mehr als vierunddreißig Jahren", antwortete Tru seufzend. Sie war die Scherzfragen zu ihrem Namen gewöhnt, aber zu müde und zu aufgewühlt, um mit den üblichen Kalauern darauf zu reagieren. Es war nicht der Zeitpunkt für persönliche oder Familiengeschichten. Sie suchte Vergessen und hoffte, es irgendwo in der Dunkelheit zu finden. Sie wollte sich an die Bar setzen, den einen Drink zu sich nehmen, den sie sich vorgenommen hatte, und wieder verschwinden.

„Schön, Sie zu sehen", sagte die Türsteherin, gab Tru den Ausweis zurück und ließ den Blick langsam über sie gleiten.

Tru fühlte ihn mehr, als daß sie ihn sah. Sie gestattete die Überprüfung und fühlte sich in ihrer Attraktivität bestätigt. Sie war klein, aber sie wußte, daß ihre zierliche Gestalt wohlproportioniert war. Durch das regelmäßige Training im Sportclub hatte sie feste Muskeln und eine anmutige Haltung. Halblanges braunes Haar und große graue Augen verliehen ihr ein weiches Aussehen und verbargen ihre tatsächliche Kraft.

Tru merkte, wie sie sich unter diesem prüfenden Blick ein wenig aufrichtete. Unbewußt streckte sie sich auf ihre vollen einsachtundfünfzig und hielt dem Blick der anderen stand. Aber sie verlor den Wettstreit, weil ungebetene Erinnerungen ihre Augen ins Innere der Round Table Bar zogen, ihr altes und neues Zuhause fern von zu Hause.

Das Round Table war sauberer und ordentlicher, als sie es in Erinnerung hatte. Endlich waren die Poster und Sprüche einer früheren Generation abgehängt worden. Die neuen Besitzerinnen hatten die Bar vom mißlungenen modernistischen Stil befreit und mit sachlichen, kühlen, leicht gepolsterten Chrommöbeln ausgestattet. Überall, die Tanzfläche ausgenommen, lag kurzfloriger Teppichboden.

Das Round Table war eine Frauenbar. Und zum ersten Mal, seit Tru sich erinnern konnte, hatte sie endlich das Flair eines Flohmarkts abgelegt.

Weil es ein Frauenclub war, hielt sich unter der Woche die Zahl der Gäste in Grenzen. Bei großem Andrang, wie heute abend, war die Bar voll mit jungen und älteren Frauen, Freundinnenpaaren und den üblichen rastlosen Sucherinnen und gierigen Räuberinnen. Von Trus politisch bewußten, aufstrebenden, beruflich erfolgreichen Schwestern wurde das Round Table nicht unbedingt geschätzt. Aber das hinderte die Durchschnittsfrauen mit den hohen Absätzen und die Arbeiterinnen nicht daran, in der Bar und in ihren Leben gegenseitig ein und aus zu gehen.

Das Round Table war der Ort, an dem unterschiedliche Muster lesbischen Lebens zusammentrafen und sich vermischten. Stile, Sozialstrukturen, Berufe und zufällige Begegnungen waren so vielgestaltig, daß die „normale" Welt sie pauschal als „alternativen Lebensstil" bezeichnete. Das Wort *Lebensstil* hatte mehr als eine Bedeutung. Als lebendiger Mikrokosmos war die Bar der Beweis, daß es eine Sache von Erziehung und Veranlagung, Wahl und Zufall ist, wie eine lebt. Und davon gibt es unbegrenzt viele Varianten.

Gelegentlich spazierten heterosexuelle Frauen herein und starrten stumm auf eine Welt, die ihnen fremd war und die sie ablehnten. Sie jagten ihren Diplomen und Heiratsurkunden nach oder versteckten sich in schützender Einheitskleidung. Ihre Ausstrahlung unterschied sie von den Stammgästen und trennte sie von den Lebensweisen, denen sie hier plötzlich begegneten.

Sie wurden selten beachtet und wenn, dann waren es in der Regel ein paar beschwipste Nachtschwärmerinnen, die Abwechslung suchten.

Manchmal kamen auch ältere Paare, fünfundfünfzig und drüber, herein und setzten sich für ein Glas oder zwei an einen Tisch. So schnell wie sie kamen, gingen sie wieder, zurück in ihre eleganten Eigentums- oder Altbauwohnungen und andere Mittelschichtsannehmlichkeiten.

Die Stammgäste, diejenigen, die eine Partnerin gefunden und wieder verloren hatten, die spielten, verloren und wieder mitspielten, stellten allabendlich die Mehrzahl. Diese Frauen verbreiteten ein Meer von Verlangen, das von der schlichten Romanze bis zu glühendem Begehren reichen konnte.

Die Bar war ein Ort der Zuflucht, wo Frauen Händchen halten und einander umarmen konnten, ohne von neugierigen, fragenden, urteilenden Blicken belästigt zu werden. Die Bar war eine ummauerte Stadt, fern der übrigen Metropole, mit sich selbst zufrieden und glücklich über die hier versammelte Gemeinschaft. Tru war zu Hause und eigentlich ganz froh darüber.

Sie hatte einige Schwierigkeiten, wieder an ihren Ausweis zu kommen, denn die Finger der anderen Frau berührten die ihren einen Augenblick länger als unbedingt nötig. Tru steckte die Plastikkarte in die Tasche und nickte der Türsteherin zu, ohne auf die Berührung oder die Möglichkeit einer Botschaft in den Fingerspitzen einzugehen.

Trotz neuer Ausstattung und einem allgemeinen Gefühl von Frische im Raum hatte sich an der Bar nicht viel verändert. Tru fragte sich, ob altbewährte Dinge wie z.B. eine Rausschmeißerin in Schwarz Teil der Seminare zur Führung von Frauenbars waren.

Tru hatte in ihrer alternativen Karriere früh gelernt, daß Rausschmeißerinnen in Frauenbars notorisch gern flirten. Die Frau, die sie hier an der Tür getroffen hatte, schien genau diesen Typ zu verkörpern. Die Musik zog sie vom Eingang weg ins Lokal hinein. Der Gedanke, daß offenbar vieles gleich blieb, auch wenn sich die Zeiten änderten, ließ sie kichern.

Tru kämpfte sich durch ein Meer von Körpern und zweifelte schon, daß sie je die Messingstange der Bar erreichen würde. Nur widerstrebend ging sie weiter.

Die Menge bewegte sich wie ein Tier, das Muskeln, Reflexe und Klauen anspannt. Die Bewegung erinnerte Tru an ihre Abneigung gegen zu viele Menschen und zuviel Lärm. So gern sie in Gesellschaft von Frauen war, die Kombination von verschlungenen Körpern, Gesprächsfetzen, Rauch und ohrenbetäubender Musik war nie ihr Ding gewesen.

Sie wollte nicht aufgeben, aber wie sie durch die wogende Menge kommen sollte, wußte sie auch nicht. Der Drink, den sie sich gewünscht hatte, schien ihr hier weiter entfernt zu sein als auf dem Brückengeländer. Sie wunderte sich über ihre Dummheit und dachte an einen schlichten hastigen Rückzug, aus reiner Selbsterhaltung.

Überwältigt lehnte sich Tru gegen das massive niedrige Eisengeländer, das die Billardtische von der tanzenden Menge trennte, und legte die Hand an ihre pochende Schläfe. Sie versuchte, den Schmerz wegzureiben, der sich plötzlich eingestellt hatte. Sie stand da, überlegte, warum sie überhaupt hier war, und versuchte, ihr wachsendes Elend unter Kontrolle zu bringen.

Ihr wurde flau im Magen. Mit leichtem Schwindelgefühl erinnerte sie sich daran, daß sie zwei Tage nichts gegessen hatte. Ihre Knie wurden weich.

„Alles in Ordnung, Schätzchen?" Eine Hand und ein Arm legten sich um ihre Schultern und hielten sie sanft, aber bestimmt fest.

Tru sah der Frau, die sie so entschlossen umarmt hielt, unsicher ins Gesicht. Der Nebel, der sich hartnäckig in ihrem Kopf ausbreitete, verhinderte für einen Moment, daß sie die Frau erkannte. Verwundert versuchte Tru sich zu erinnern, wer sie war und woher sie kam.

„Alles in Ordnung?" wiederholte die Stimme und

sickerte langsam durch den Rhythmus der Musik in Trus Kopf.

„Ja, ich bin... ich bin nur müde“, murmelte Tru verlegen, als sie die Rausschmeißerin erkannte. Sie straffte die Schultern, um sich aus der Umarmung zu lösen, atmete tief durch, was hoffentlich selbständig und entschlossen wirkte, und wandte ihr Gesicht ab, weg von den warmen, unterstützenden Armen, um zu zeigen, daß sie für sich selbst sorgen konnte.

Die Türsteherin bewegte ihre Hand, ließ sie über Trus Schulter und Rücken gleiten. Die streichelnde Berührung verschwand gleich wieder, die anzügliche Erkundung war weg. Die Augen der Frau waren unverwandt auf Trus Gesicht gerichtet.

„Ich finde, Sie sehen nicht aus und benehmen sich auch nicht, als wären Sie einfach nur müde. Ich werde ein Auge auf Sie haben.“

„Schön, ganz wie Sie möchten“, sagte Tru und wußte, daß ihre Stimme zu scharf klang. Hastig versuchte sie, sich an ihre guten Manieren zu erinnern, und erklärte: „Es war... es war eine harte Woche. Ich bin heute nicht ganz ich selbst. Vielen Dank jedenfalls.“

Tru richtete sich auf und wollte in der Menge untertauchen, wurde aber von einer Hand zurückgehalten, die sie zwang, stehenzubleiben.

Die Türsteherin umfaßte ihre Schultern und beugte sich nah an ihr Ohr. Sie flüsterte deutlich verständlich: „Machen Sie keinen Fehler. Sie sehen verloren aus und ein bißchen in Bedrängnis. Ich habe nichts Böses vor. Teils ist es mein Job, hauptsächlich aber Interesse.“ Sie ließ Tru frei.

„Danke...“

„Marki“, half die Frau weiter.

„Danke, Marki. Jetzt werde ich mir den Drink besorgen, dessentwegen ich gekommen bin.“

„Ach, übrigens“, rief Marki mit lauter Stimme hinter ihr her. „Wenn Sie heute nicht ganz Sie selbst sind, wie sind Sie denn wirklich, und... würde mir diese Frau gefallen?“

Tru zuckte als Antwort leicht mit den Schultern. Mehr wagte sie nicht zu tun. Sie hatte bemerkt, daß diese Marki wunderbare Augen hatte und sich fest und warm anfühlte. Weder mit dem einen noch mit dem anderen wollte Tru etwas zu tun haben. Sie fühlte sich kalt und von der Welt ausgeschlossen.

In diesem Gefühl hatte sie schon so lange gelebt, daß sie wußte, sie konnte weder Freundlichkeit noch Absichten richtig einschätzen. Sie fühlte sich unfähig, sich auf die hartnäckige Großzügigkeit dieser Frau einzulassen. Sie wußte, daß sie zu nichts und niemandem paßte, außer vielleicht zu einem kühlen Bier. Sie hatte ihren Stolz, auch wenn von dem seit Eleanor nur noch ein kostbarer Rest übrig war.

„O Göttin“, stieß sie aus und kämpfte sich zu einem Barhocker durch. Als sie sich setzte, starrte die Frau auf dem Hocker neben ihr sie mit hochgezogener Augenbraue an.

„Hab’ nur vor mich hingemurmelt“, beantwortete Tru die unausgesprochene Frage. Sie wandte ihre Aufmerksamkeit dem Naheliegendsten zu, fing den Blick der Barfrau auf und bestellte einen Bourbon und ein Bier.

Während sie wartete, blitzte in ihrem Kopf der Gedanke an Eleanor auf, und sofort fing ihr Herz wieder an zu flattern. Bitter fragte sie sich, warum eine Fremde sie interessanter fand als ihre verlorene Liebste. Abwegig. Es war einfach alles völlig abwegig, gab Tru hoffnungslos zu, als der erste Bourbon und der Schluck zum Nachspülen kamen.

Sie trank vor sich hin, und der Abend schleppte sich. Kurz vor Mitternacht lichtete sich langsam die Menge. Tru erinnerte sich dankbar, daß sie die nächsten zwei Tage frei hatte und sich einen dritten Bourbon und ein drittes Bier leisten konnte.

Die letzten beiden hatten ihr die Zeit vertrieben, ohne sie weiter zu beeinträchtigen, außer daß ihr Hintern auf dem hohen Sitz langsam müde wurde. Sie stützte sich auf den Tresen und suchte eine bequemere Haltung. Ein schmerzender Po war immerhin weniger unangenehm als die Alternative, nach Hause zu gehen.

Sie fühlte sich glücklich. Sie hatte eine sichere Ecke gefunden, ganz hinten am Ende des Tresens, und hatte alle Frauen, die auf Bekanntschaften aus waren, erfolgreich abgewehrt. Tru stellte sich eine Schranke aus Stein und Eis zwischen sich und dem Raum vor. Sie hatte die Schranke nur zweimal hochgezogen, gerade lange genug, um der Barfrau das Zeichen für eine weitere Runde zu geben.

Ihre vor sich hingrübelnde Haltung wirkte wie ein Zauber oder ein Fluch. Egal was es war, sie wußte, daß sie besser keine Gesellschaft suchte, mochte sie sich auch noch so sehr danach sehnen.

Sie wollte weder sich noch andere durch irreführende Kommunikation verletzen und hielt alle deutlich auf Distanz. Sie war nicht geschaffen für Gesellschaft; das hatte Eleanor gesagt, und bei der Erinnerung brannten Trus Augen und wurden feucht.

Sie kicherte trübselig in ihr Glas. Ein stummer Schmerz

drang durch ihren Nebel. Sich gegen ein Gefühl abzuschotten, war keine große Tat. Das hatte sie früher auch schon gemacht. Sie hatte Eleanor weggetrieben oder sie weggehen lassen oder etwas ähnlich Endgültiges und Verheerendes getan.

Tru wußte, wie einfach ihre Barrieren aufzurichten waren. Sie wußte, daß sie eine Wand mit sich trug, hoch, fest und sicher. Sie war Teil ihrer Lebensgeschichte geworden. Die Barriere war jederzeit leicht zusammenzubauen, sie stand von einem Augenblick auf den anderen zur Verfügung. Sie erschien beim ersten Anzeichen von Angst oder Unzufriedenheit. Sie war, wie sie bitter zugeben mußte, unangreifbar durch Logik oder Kompromisse, außer mit sich selbst, und nur wenn sie sich gut zuredete. Und heute abend klappte das nicht.

Tru schüttelte den Kopf und sagte sich, daß es nicht immer so gewesen war. Mit Eleanor hatte es ganz anders begonnen. Eleanor war so wütend auf das Leben gewesen und noch wütender auf Tru, weil sie eben greifbar war. In der Zeit, die sie zusammen waren, hatten sie sich immer wieder getrennt, ihre Unsicherheiten sortiert und sich wiedergefunden.

Diesmal nicht. Diesmal gab es kein Zurückkommen, keine Zurücknahme der Wut und keine Hoffnung auf Besserung.

Die Wut und das Gefühl des von allem Getrenntseins, prägend für Eleanors Leben, hatten sich in Trus Leben eingeschlichen und schließlich sie beide beherrscht.

Eleanors Wut auf die Welt, auf sich selbst, auf Menschen im allgemeinen und Männer im besonderen, hatte aus ihr eine herrschsüchtige, eifersüchtige, fordernde Xanthippe gemacht. Eleanors zwanghaftes Bedürfnis, jeden wachen Augenblick Trus zu kontrollieren, hatte ihre Beziehung erstickt.

Die Kontrolle war langsam immer mehr gewachsen, bis Tru sicher war, daß sie erdrückt wurde. Sie hatte gekämpft, um sich zu befreien, bevor sie völlig erstickte. Sie fürchtete, lebendig verschlungen zu werden, so wie Eleanor von ihrer sektiererischen Wut verschlungen wurde. Tru zog sich von dieser vernichtenden Berührung und von Eleanor zurück, um sich selbst zu retten.

Eleanor spürte, daß Tru gehen wollte, und trieb sie in die Endrunde. Aber noch im Fortgehen brachte sie es fertig, Tru ein letztes Mal zu bestrafen.

Es war eine kalkulierte Demütigung, geplant für einen Abend, an dem Tru spät von der Arbeit kam. Tru hatte die Schlafzimmertür geöffnet und Eleanor in heißer Umarmung mit einer anderen Frau vorgefunden. Dann machte Eleanor Tru endgültig lächerlich, indem sie sie beschimpfte, in ihrer Beziehung nicht leidenschaftlich und hingebungsvoll genug gewesen zu sein. Dabei lag sie in ihrem gemeinsamen Bett und hielt die andere Frau umarmt. Tru stand benommen und stumm in der Tür vor dem schamlosen Bild, das sich ihr bot, und die andere Frau lachte.

Tru verließ das Haus, unfähig, noch einmal für Eleanor oder sich selbst vergebliche Entschuldigungen zu finden. Sie floh, kurz bevor sie ganz und gar die Kontrolle über sich verlor und die Pistole benutzte, die sie im Schulterhalfter trug.

Der Schock dieser Begegnung hatte sie geblendet und halb gelähmt, und das war ein Segen. Sonst säße sie jetzt mit einer Mordanklage da und nicht mit einem Glas Bier.

Der dritte Bourbon und das dritte Bier hatten die Fragen und inneren Proteste gegen ihre Entscheidung, an der

Bar zu bleiben, ertränkt. Tru bestellte noch einmal und hoffte, daß ein vierter Bourbon und ein viertes Bier die lockende Vorstellung von der Eisenbahnbrücke und ihrem Flirt mit der endgültigen Dunkelheit hinwegspülen würden.

Ich hätte es nicht wirklich getan. Ich habe nicht wirklich daran gedacht, redete Tru sich im stillen zu. Ich war bloß müde.

Wasser tut gut. Es hat mich hypnotisiert... es hat mich beruhigt, das ist alles. Die Wellen und der selbstverursachte Schmerz haben mich fasziniert. Ganz einfach. Sinnlos, zurückzugehen, wenn da nichts ist; sinnlos, weiterzugehen, wenn du nicht weißt, wohin.

In ihrem alkoholisierten Kopf spielte das Elend Fangen und drehte sich verzweifelt streitend im Kreis.

„Dumm", sagte Tru und richtete sich mühsam ein wenig gerader und höher auf. „Das kann ja lustig werden", murmelte sie unglücklich in ihr Glas.

Plötzlich verlor sie das Gleichgewicht, glitt halb vom Hocker, fing sich wieder und hielt sich schwankend an der Theke fest.

„Es ist nur dumm, wenn Sie noch etwas bestellen", sagte Marki und setzte sich auf den Barhocker hinter Tru. Sie nahm die Knie auseinander und legte ihre Beine um Tru. Ihre Schenkel drückten leicht gegen Trus Hüften.

Der unmißverständliche Druck veranlaßte Tru, sich umzudrehen. Marki lächelte vergnügt und mit gespieltem Schrecken.

„Hör auf damit, ich zähle bis drei", sagte Tru, selbst von ihrem Ton überrascht. Markis Flirten drang zögernd in ihr angetrunkenes Bewußtsein, und sie sperrte die Vorsicht in ein kleines Zimmer ganz hinten in ihrem Kopf.

„Neunundneunzig, achtundneunzig, siebenundneunzig..." forderte sie Marki durch den Whiskyschleier heraus.

Markis Augenbrauen zogen sich überrascht und erfreut nach oben. Ohne einen Augenblick zu zögern, faßte sie Tru bei den Schultern und drehte sie langsam und entschlossen weg von der verspiegelten Wand, in ihre tröstende Umarmung.

Tru betrachtete die überfüllte Tanzfläche, während Markis Hände über ihren Körper streiften. Eine Hand glitt in ihre Jacke und unter das schnell aufgeknöpfte Hemd und streichelte ihre Brüste. In der Dunkelheit, im Schutz des breiten Mahagonitresens, bewegte sich Markis andere Hand entschlossen über Trus Hose und streichelte sie durch den Stoff. Trus Haut brannte unter der Berührung.

Der Atem stockte ihr in der Kehle, und flüssiges Feuer breitete sich dort aus, wo Markis Hände wanderten. Hitze stieg aus Trus Schoß auf und überzog ihre Brüste.

„Ich denke nicht..." Tru räusperte sich mühsam und versuchte, der drängenden Hand zu entkommen.

„Manchmal ist das auch besser", murmelte Marki heiser und zog Tru an sich. Trus Abwehr wurde schwächer und verwandelte sich in einen Druck gegen Markis findige Hand.

Der Lärm der Bar hüllte sie ein, während sie sich stumm in gegenseitiger Umarmung bewegten. Tru war so angefüllt mit Sehnsucht, die monatelange Quälerei mit Eleanor wirkte wie Öl auf das Feuer in ihrem Körper.

Sie atmete schwer und zog die Luft durch die Zähne. Sehnsucht und Schmerz stiegen in ihr auf.

Irgendeine perverse Regung schickte Eleanors Gesichtszüge vor ihr inneres Auge. Eleanor hatte sie seit Monaten nicht mehr berührt und noch viel länger nicht mehr liebevoll angefaßt. Eleanor wollte Tru als unbeschriebenes Blatt für ihr Verlangen und ihre kleinen mentalen Grausamkeiten.

Sie hatte es geschafft, daß Tru sich mehr als nur ein bißchen verstört fühlte und unsicher, ob sie interessant und attraktiv genug war, je von einer Frau berührt zu werden. Aber jetzt wurde sie berührt.

Markis Hand bewegte sich in stummer Antwort auf Trus unausgesprochene Frage und heftiges Sehnen.

Die Musik machte eine Pause, und die Menge rückte näher an die Bar. Die meisten, von Alkohol benebelt, achteten nicht auf das, was zwischen Tru und Marki ablief. Freundinnen standen beisammen, Bekannte und Fremde unterhielten sich fröhlich miteinander, ohne das Spiel in der dunklen Ecke der Bar zu bemerken.

Tru fühlte sich einer Ohnmacht nahe, schloß die Augen und gab sich ganz in Markis Hand. War sie in einem Traum gefangen, war das, was ihr widerfuhr, unglaubliche Realität? Ihr brennendes Verlangen und die plötzliche Erkenntnis, daß sie sich in der Öffentlichkeit befanden, mischten sich wild und erregend.

Marki rieb und knetete das weiche Fleisch zwischen Trus Beinen und strich mit dem Zeigefinger fest über die Feuchtigkeit, die durch den Stoff drang. Sie legte ihre Handfläche über Trus Schoß, glitt aufwärts und bewegte zwei Finger langsam und verführerisch gegen Trus wärmesuchende Vulva.

Ein rauhes Gurgeln stieg aus Trus Kehle.

„Schätzchen, hat dich zu Hause jemand verhungern lassen?" flüsterte Marki ihr ins Ohr.

„Hmm." Mehr brachte Tru nicht heraus.

„Weiß denn deine Lady nichts... gar nichts über dich?

Was du brauchst oder magst oder willst?“ Markis kehlig geflüsterte Frage drang wie ein Stich in Trus Herz.

Sie war so erfüllt von der sich ausbreitenden Hitze in ihrem Schoß, daß sie nicht merkte, wie die drei obersten Knöpfe ihrer Jeans aufsprangen. Dann fühlte sie Markis Hand zielstrebig in ihre Hose gleiten, in ihren Slip, an der Haarlinie spielen und an ihrem Venushügel verweilen.

Plötzlich stieg Panik in Tru auf. Sie wollte Marki bremsen, aber dann ließ sie einfach los und schmolz dahin. Es sollte nicht aufhören, nie mehr aufhören. Sie wurde in aller Öffentlichkeit berührt und von einem verrückten Begehren getrieben, das sie nicht unter Kontrolle halten wollte. Mit einem leisen Seufzer lehnte sie sich gegen Markis Brüste und wandte den Blick von der Menge ab, die Gesichter verschwammen vor ihren Augen.

Marki spürte Trus Begehren und Hingabe. Sie hielt ihre Hand weich über Trus feuchte bebende Lippen und ließ den Zeigefinger in sie hineingleiten.

Tru meinte, in Ohnmacht zu fallen, als Marki sie ganz leicht hochhob und sich kühn Zugang verschaffte. Marki zögerte, streichelte und wartete auf den unwillkürlichen Lustseufzer, zu dem sie Trus bebendes Fleisch treiben würde. Unter ihrem quälenden Finger zuckte und öffnete sich Trus Vagina. Marki zögerte noch einen köstlichen Augenblick, um Trus Lust keine Möglichkeit zum Rückzug zu lassen. Dann drang ihr Finger sanft in sie ein.

Tru tastete nach ihrer Jacke und legte sie sich als letzten, schwachen Schutz des Anstands über den Schoß. Marki nutzte die Gelegenheit, um Tru ganz zu sich zu ziehen und ihr die Jeans von den Hüften zu streifen. Trus Nacktheit und Offenheit unter der Jacke ließ sie beide keuchen.

Tru ließ es geschehen. Sie wollte alles fühlen. Sie wollte, daß es sich richtig anfühlte, ganz tief und genau jetzt. Markis Handbewegungen versetzten sie in einen Taumel. Sie gab sich ihrem unterdrückten Verlangen hin, ihrem Hunger und vergaß die Welt um sich her.

Als sie die Augen öffnete, sah sie, daß die Barfrau sie anstarrte. Sie blickte ihr direkt in die Augen. Sie verstand alles und wußte, was Tru in dem Augenblick fühlte, als sich ihre Blicke trafen. Sie sahen sich unverwandt an, bis Marki gierig in Trus Ohr seufzte.

Die Barfrau sah an Tru vorbei auf Marki und starrte sie einen Moment lang mit aufgerissenen Augen an. Dann drehte sie sich langsam um, ging zum anderen Ende der Theke und versuchte, einen geschäftigen Eindruck zu machen, indem sie geistesabwesend ein Glas abtrocknete. Tru schloß die Augen und verlor sich ganz an Markis süßes Drängen.

„Ich, ich kann nicht..." wehrte Tru sich schwach.

„Oh, du kannst sehr wohl", drängte Marki. „Und du bist schon dabei. Stimmt's?"

Tru wollte gegen die hartnäckigen Finger kämpfen und sich aus Markis Umarmung befreien. Aber ihre Anstrengung, sich Marki zu entwinden, quälte ihre verräterische Klitoris nur um so mehr.

Nachdem sie noch vor kurzem knapp dem Wunsch zu sterben entronnen war, wußte Tru, daß nun ein anderer, süßerer kleiner Tod in ihr aufwallte. Irgendwo nahe bei ihrer Mitte und bis hinab zu den Zehen spürte sie eine verzehrende Kraft. Sie schwankte und verschloß ihre Kehle, als sich die körperliche Entspannung in einem Schrei Luft machen wollte. Es warf sie gegen Marki, die die Arme um sie schlang.

Marki hielt Tru fest, und zusammen ritten sie hinaus auf die rauhe See. Tru bebte und zuckte unter der unterdrückten Unterwerfung unter den Orgasmus. Markis Hand verlangte nach mehr, ihre Finger jagten Tru an den Rand des Höhepunkts, Welle um Welle, eine höher als die andere. Tru kam und kam bei der leichtesten Bewegung von Markis Fingern.

Lange Augenblicke vergingen, bis sie sich einigermaßen wieder gefaßt hatte. Noch immer heftig atmend, machte sie den lahmen Versuch, die Knöpfe ihrer Jeans zu finden. Sie fummelte mit bleischweren Fingern herum, gab schließlich doch auf und ließ die Hände hilflos herabhängen.

Marki entfernte langsam ihre Hand von Trus wunder Klitoris, griff nach unten, zog ihr die Hose hoch und half beim Zuknöpfen. Sie zog Tru zärtlich an ihre Brust, wiegte sie sanft und murmelte ihr Laute der Befriedigung ins Ohr.

Tru merkte, wie sich ihre Augen mit Tränen füllten und ihr Atem stoßweise ging. Schmerz stieg in ihr auf und wurde von Markis Flüstern nur noch gesteigert.

„Ich möchte, daß du mit mir nach Hause kommst", flüsterte Marki. „Ein wenig Halten und Beisammensein. Keine bösen Absichten, keine Ansprüche, keine Risiken." Trus keuchender Atem brachte sie zum Schweigen.

Tru sah sich erschrocken um. Sie wollte ihrer Wut auf sich, ihrer Scham und ihrer Verblüffung entkommen.

„Ich glaube, du brauchst viele Streicheleinheiten, Schätzchen. Irgend jemand behandelt dich nicht gut", drängte Marki.

„Ich muß... ich muß zur Toilette." Tru schluckte schwer an den salzigen Tränen in ihrer Kehle. Reue und Angst überschwemmten sie. Plötzlich war ihr Kopf voller Anschuldigung und Verwirrung. Sie wußte nicht mehr, wer sie war, was sie war oder was sie tat. Sie wollte einfach nur weg von hier.

„Nun gut“, sagte Marki und lockerte ihren zärtlichen Griff. „Ich warte.“ Sie küßte Tru sanft auf die Schläfe und beobachtete, wie sich Tru unsicher auf den Weg machte, quer durch den großen Raum zu den Toiletten.

Tru versuchte, sich auf ihren schwankenden Beinen zu halten. Sie war voller Selbstmitleid und Groll. Sie wußte nicht, ob sie Marki oder Marki sie benutzt hatte oder beides. Es war ihr auch egal. Sie wollte raus und Marki nicht wieder begegnen. Jetzt nicht und hoffentlich nie wieder. Tru wußte, daß sie sich feige verhielt. Das war sonst nicht ihre Art, aber es war ihr jetzt egal. Wut stieg in ihr auf, sie haderte mit sich. Aber sie konnte einfach nicht anders, sie wollte raus. Raus aus der Bar und so weit weg von Marki wie möglich.

Ihre unsicheren Beine trugen sie schließlich durch den Saal und in den Vorraum der Toiletten. Sie war dankbar für die Musik, die die Frauen zum Tanzen animiert und den Vorraum geleert hatte. Bevor sie eintrat, drehte sie sich noch einmal um und blickte zurück. Da sah sie, wie Marki mit der Club-Besitzerin sprach. Sie gingen vom Tresen zu einem Tisch, an dem drei minderjährige Frauen saßen. Marki war ganz Raußschmeißerin vom Dienst, und Tru nahm an, daß die drei jungen Frauen gleich ohne viel Federlesen vor die Tür gesetzt würden.

Tru erkannte ihre Chance und nutzte sie. Sie schoß den Flur entlang und ohne Zögern durch den Notausgang. Erstaunlicherweise wurde kein Alarm ausgelöst. Als sie durch die Allee rannte, dachte Tru einen wilden Augenblick lang an die Strafe, die der Feuerwehrhauptmann auferlegen würde, wenn er von der nicht funktionierenden Alarmanlage erfuhr.

Halb kichernd, halb schluchzend rannte sie über den Parkplatz zu ihrem Wagen. Sie glitt auf den Fahrersitz, drehte den Zündschlüssel und wagte nicht, zur Bar zurückzublicken. Sie fuhr Richtung Schnellstraße und versprach, nie wieder hierher zurückzukehren, wenn sie heil durch diese Nacht kam.

Sie hatte keinen Bedarf an Schwierigkeiten, wie sie eine Person wie Marki mit sich bringen würde. Für Marki war es sicher keine große Sache, redete Tru sich schuldbewußt ein. Marki würde sie nur wegen ihrer schnellen Hingabe in Erinnerung behalten. Sie war zweifellos nichts anderes als eine weitere Eintragung auf Markis langer Liste neuer Eroberungen.

Tru schnaubte spöttisch über sich selbst. Sie schwor sich, diese Nacht unter die anderen Fehlleistungen ihres Lebens einzuordnen und sich möglichst wenig Gewissensbisse zu machen. Ein wenig Schuldgefühl ja, aber davon schien ihr Leben ohnehin geprägt zu sein.

Sie wußte, daß sie sich in den Griff bekommen mußte, ihr Leben, ihren Beruf. Daß sie in der Öffentlichkeit Sex gemacht hatte, machte ihr Angst. Sie war auf dem besten Weg, sich zu ruinieren, und sie wußte es, wußte, daß sie Hilfe brauchte, nur nicht, welche Art Hilfe und wo sie sie bekommen konnte.

Eins war allerdings sicher: Vom offiziellen Seelenklempner der Polizei kam die Hilfe nicht. Er hatte letzten Monat Selbstmord begangen. Der arme Kerl hatte nicht einmal sich selbst helfen können.

Als sie in ihre Einfahrt bog, nahm sie sich vor, morgen

darüber nachzudenken. Selbst wenn ihr Kopf dann nicht klarer war, wäre sie immerhin nüchtern. Sie wollte sich von der Starre befreien und von den fehlgeleiteten Wünschen, die ihren Verstand benebelten.

Morgen, dachte Tru, morgen würde sie vielleicht herausbekommen, wohin sie sich wenden oder wie sie ihr Leben nach ihren Wünschen einrichten konnte. Vielleicht wäre es leichter, wenn sie vorher wüßte, was sie wollte. Von Pessimimus und Erschöpfung umfangen, stolperte sie ins Schlafzimmer, fiel aufs Bett und in einen gnädigen Schlaf.

# 3

„North, sofort herkommen!“ bellte Captain Rhonn von der Tür seines Büros aus.

Tru saß am Schreibtisch, und ihr Kopf schnellte von dem Bericht hoch, den sie eben zum zweitenmal las. Der Fall war fünf Monate alt. Sie konnte sich nicht vorstellen, warum der Captain angeordnet hatte, ihr den Bericht aus dem Archiv zu schicken.

Er war spannend und unheimlich. In dem Bericht hatte der mit dem Fall befaßte Beamte festgestellt, daß eine selbstgebastelte Bombe, die an einem der örtlichen Postämter aufgegeben worden war, im Haus des Malers Donald Southwick explodiert war. Southwick hatte die Explosion nicht überlebt. Er hatte sich offensichtlich über das kleine Päckchen gebeugt und die Pappverpackung aufgeschnitten, in die das Holzkästchen eingewickelt war, als der Knall erfolgte. Der Druck der Explosion hatte seinen Schädel zertrümmert, sein Hirn zerstört und die gediegene Bibliothek seines Hauses verwüstet. Durch die Wucht des plötzlichen Schlags, zusammen mit den winzigen Holzsplittern, war dort, wo sein Gesicht gewesen war, nun ein klaffendes Loch. Sein Körper war durchs Zimmer gegen einen dekorativen offenen Kamin geschleudert worden. Auf dem Foto vom Tatort sah Southwick aus, als hätte ein strafender Gott gegen ihn gewütet. Er war sofort tot gewesen.

Bevor der Captain anfing, nach ihr zu brüllen, hatte Tru beschlossen, die Fotos vom Tatort später eingehender zu studieren. Vielleicht erst sehr viel später und lange nach dem Mittagessen.

Sie blickte dem entschwindenden Rücken des Captain mit ungewohnter Angst nach. Sie hatte keine Ahnung, was er von ihr wollte.

Niemand wußte je, was der Captain wollte oder von wem er es wollte. Er war einer dieser Vorgesetzten, denen es großes Vergnügen bereitet, jedem die Karriere zu verpatzen, der nicht errät, was er meint, seine Gedanken nicht lesen kann. Mit diesem Captain am Ruder konnte niemand gewinnen. Wem seine Arbeit oder seine Rente lieb war, konnte aber auch nicht kündigen.

Tru wußte nicht, zu welcher Kategorie sie gehörte. Sie liebte ihre Arbeit, aber Mordfälle liebte sie nicht. Tru hatte Spaß am Kombinieren, am Zufall und an der Verfolgung.

In letzter Zeit sprach Captain Rhonn nur mit ihr, um sie für irgendeine angebliche Ungehörigkeit zu rügen. In den letzten Wochen war sie müde geworden, distanziert und verletzlich. Er hatte ihr mehr und mehr zugesetzt, als wüßte er, daß zwischen ihr und Eleanor das Tischtuch zerschnitten war.

Nein, korrigierte sie sich, sie hatte Eleanor verlassen. Aber schließlich war es unwichtig, wer wen verlassen hatte. Wichtig war, daß es ihr nicht gelungen war, sich wieder in den Griff zu bekommen. Ihre Mattigkeit und Niedergeschlagenheit machten sich in ihrer Arbeit bemerkbar. Ihr unterliefen kleine Fehler, sie verpatzte Dinge, die ihr früher flott von der Hand gegangen waren.

Das war das Problem. Sie konnte nicht mehr so gut denken, und manchmal schien es ihr, als dächte sie überhaupt nicht. Sie hatte privat einen harten Schlag hinnehmen müssen und fing an, nun auch beruflich den Halt zu verlieren.

Tru fragte sich, ob Captain Rhonn etwas über Eleanor vermutete oder wußte. Wenn ja, war sie erledigt, das war ihr klar. Er konnte den Spieß in sie hineinstechen und sehen, ob sie durchgebraten war. Ihr Leben ging irgendeinen verrückten Bach hinunter, und sie konnte nur dabeistehen und zusehen, wie es ihren Blicken entschwand.

„Verdammt, Tru, ich habe gesagt, Sie sollen reinkommen!“ bellte Rhonn an seinem Schreibtisch. Seine Stimme dröhnte durch die offene Tür und den großen, durch Stellwände in Kabinen aufgeteilten Raum, in denen die Kripobeamten arbeiteten.

Die Stadt hatte gespart und den Bürobereich seit Trus Beförderung vor drei Jahren nicht mehr gestrichen. Die Wände waren von schmutzigem Gelb, von dem sich die grauen Trennwände abhoben. Unter dem Vorwand, so die Beamten zu neuen Höhen der Produktivität zu führen, hatten die städtischen Innenarchitekten die Kabinen aufgestellt. Die ein Meter fünfzig hohen Raumteiler hatten aber eigentlich den Zweck, die Beamten zu vereinzeln und einzuschüchtern. Im Vergleich waren die Zellen des städtischen Gefängnisses geräumiger.

Auch der entschlossenste Besucher war überfordert damit, seinen Weg durch das Chaos zu finden, in dem zwei Sekretariate untergebracht waren, die Hilfskräfte, die Aktenschränke, das Kopierabteil und vierzehn Ermittlungsbeamte.

Neben den Belüftungsschächten strahlten Leuchtstoffröhren von der Decke. Durch die Schächte kamen mehr Grippeviren als frische Luft. Trotz des blauen Teppichbelags glich der Raum eher einem Gefängnis der Unterklasse als einer Polizeiabteilung.

Früher, es war noch gar nicht so lange her, brummte das Büro vor Aktivität. Leute gingen umher, erledigten dies und das, redeten miteinander, halfen sich gegenseitig oder freuten sich einfach an der gemeinsamen Arbeit. Bewegung war die Regel. Bewegung hieß Leben, Aktion, Produktivität. Es war laut, und es menschelte. Der vorige Captain hatte oft seine Jalousien heruntergelassen, um die visuelle Ablenkung zu verringern. Daß alle sich sehen konnten, hatte die unterschiedlichen Arbeiten miteinander verbunden und allen gezeigt, daß sie nicht allein waren. Sie wußten jederzeit, was die anderen gerade machten.

Das neue System war anders. Ganz anders. Es war auf Speichellecker und Arbeitstiere ausgerichtet. Die Verwaltung hatte versprochen, daß die Raumaufteilung leise sein würde, konzentrationsfördernd und dem individuellen Selbstwertgefühl zuträglich. Eine Menge solcher mehrsilbigen Wörter, viel bürokratischer Jargon, hatte die Entscheidung angekündigt.

Die Anordnung war tatsächlich raffiniert. Bewegungslosigkeit und Bewegungsüberwachung waren die Regel. Von den Beamten wurde erwartet, daß sie an ihren Schreibtischen saßen und einen produktiven Eindruck machten, während sie telefonierten, Informationen in den Computer eingaben oder entgegennahmen, Berichte verfaßten oder sich mit irgendwelchen Feinheiten des neuen Zuteilungssystems befaßten. Wenn jemand aufstand, wurde über den leichten Trennwänden ein Kopf sichtbar und meldete dem Captain eine potentiell unproduktive Bewegung.

Und der Captain saß wie ein Vorarbeiter am Rand und überblickte sein Reich. Er sah jederzeit, was jemand gerade tat und warum. Eine kurze Bewegung des Haarschopfs, ein Mantelschwung oder ein Arm, der sich in den Flur streckte, genügte, um seine Neugier zu erregen. Und wehe, ihm gefiel nicht, was er sah, oder er verstand es nicht. Der Sünder wurde sofort in sein Heiligtum zitiert. Die Abteilung war in erfolgreich kleinste Einheiten aufgesplittert worden und mit Arbeit überlastet, und die Dienstränge waren streng voneinander isoliert.

Tru stand von ihrem Schreibtisch auf. Sie spürte, daß sie die Aufmerksamkeit aller anderen erregte, als sie durch den Raum ging. Sie konnte sie nicht sehen, wußte aber, daß sie lauschten. Sekundenlang war alles still, dann hörte sie wieder das Klickern der Computertasten und Papiergeraschel, das sie aus den Köpfen der anderen verbannte. Mitleid konnten sie sich nicht leisten. Sie waren nur erleichtert, daß Tru es war, die der „Zorn Rhonns" traf, und nicht einer von ihnen. „Der Zorn Rhonns", so nannten sie das.

Tru ging an den Schreibtischen zweier Kollegen vorbei, die der Tür zum Büro des Captains am nächsten waren. Als sie ihre Arbeitsplätze passierte, wichen sie ihrem Blick aus, beschäftigten sich mit ihren Akten und vermieden sorgfältig jeden Kontakt mit Rhonns neuestem Opfer.

Tru unterdrückte ein Kichern. Sie konnte ihnen nicht böse sein. Auch sie mußten mit dem neuen Captain leben. Niemand wollte mit dem jeweils neuesten Sündenbock in Berührung kommen, aus Angst, die Sache wäre ansteckend. Es war zur Lebenshaltung geworden. Man war allein und auf sich selbst gestellt. Das war ungesund. Es verbog die einst so loyale Gemeinschaft, aber es war nicht zu ändern. Die obersten Vorgesetzten würden dem Chef, den sie selbst eingesetzt hatten, nicht in den Rücken fallen. Er hatte es geschafft, sie davon zu überzeugen, daß er dabei war, aus einer Gruppe unordentlicher, rebellischer Ermittlungsbeamter eine ordentliche, perfekt funktionierende Ermittlungsmaschine zu machen.

Tru hatte keine Ahnung, was das für die Verwaltung hieß, aber sie wußte, daß die Mächtigen sich für diese Vorstellung erwärmt hatten und dem Captain freie Hand ließen. Eine Schiffscrew mochte meutern, bei kleinen Bürokraten kam das selten vor.

„Tür zu", befahlt Rhonn.

Er lehnte sich im Stuhl zurück und verschränkte die Hände hinter seinem kurzen, korrekt geschnittenen Haar. Teures dunkelblaues Jackett und Hose wurden von einem leichten meergrünen Hemd ergänzt; ein winziges goldenes Rangabzeichen hielt seine Krawatte fest. Er bedachte sie mit einem prüfenden Blick. Sie wartete.

Er bemerkte ihre gepflegte Erscheinung. Captain Rhonn sah seine Frauen gern gut angezogen; nur waren ihm Kleider lieber. Frauen in Kleidern waren sympathischer. In Kleidern sahen sie einfach gefälliger aus, weniger autoritär. In seinem Weltbild waren autoritäre Frauen hierarchische Störfaktoren, deshalb fand er Trus Auftreten insgesamt unangebacht.

Captain Rhonn bewunderte Trus körperliche Erscheinung, ihre Zierlichkeit, ihre symmetrischen Proportionen. Daß sie klein war, ließ sie verwundbar aussehen, wie jedes andere appetitliche weibliche Wesen. Er zog die Augenbrauen zusammen und sah Tru an wie einer, der sich freudig über sein Mittagessen hermacht.

„Sir?“ fragte Tru unsicher und wollte, was immer es war, hinter sich bringen. Ein schneller fachgerechter Tod war besser und weniger schmerzlich, dachte sie, als langes, quälendes Dahinsiechen. Sie straffte die Schultern, sie wollte dem Kommenden aufrecht und mit erhobenem Haupt begegnen.

„Haben Sie den Southwick-Bericht gelesen?“ Rhonn starrte sie unverwandt an. Seine linke Hand hatte sich von seinem perfekt geformten eckigen Schädel gelöst und strich die Krawatte über der steinharten Brust unter dem Hemd glatt. Er hatte gepflegte Fingernägel. Außer einem schlichten goldenen Ehering an der linken Hand trug er keinen Schmuck. Seine Hände waren wie alles an ihm: groß und glatt. Er war immer elegant angezogen, ein Markenzeichen, das seiner Karriere sehr zuträglich gewesen war. Mit einsachtzig war er für einen Mann nicht besonders groß, aber er achtete auf seine Bewegungen und seine Haltung, was ihm gegenüber weniger vorsichtigen und berechnenden Kollegen einen Vorteil verschaffte.

Obwohl langsam und phantasielos, war es ihm trotzdem gelungen, sich die Aufmerksamkeit und den Segen seiner Vorgesetzten zu sichern. Er galt als hartnäckig, berechenbar und gehorsam. Er schwebte über allen Streitigkeiten, weil er es schlauerweise fertiggebracht hatte, nie mit einer Niederlage oder einem Fehler in Verbindung gebracht zu werden. Wo andere etwas riskierten, wartete er ab; wo andere intrigierten, profitierte er am Ende; wo andere Lob austeilten, lobte er nur sich selbst.

Seine gleichaltrigen Kollegen, die sich den organisatorischen Vorgaben nicht so ohne weiteres gefügt hatten, die wagemutiger und als Personen ausgeprägter waren, hatten sich auf die stacheldrahtbewehrten Barrikaden geschwungen und waren mit ihrer Integrität in Konflikt gekommen. Rhonn waren solche Dinge fremd. Er hatte keine persönliche Integrität, nur großes Interesse an der Karriereleiter. Er verstand sich in der Kunst, Schwäche und hehre Prinzipien zu manipulieren und abzutauchen, wenn sich Auswirkungen bemerkbar machten.

Rhonn schwamm in der Abteilung einfach immer vorwärts und aufwärts. Wie Fett immer oben schwimmt und Scheiße erst recht. Die Farbe seiner Augen war dementsprechend.

„Ja, ich habe eben angefangen, den ersten Bericht zu lesen. Dickenson hat ihn mir heute morgen aus dem Archiv gebracht“, sagte Tru und blieb dabei stehen.

Sie hütete sich, sich zu setzen, bevor er sie dazu aufforderte, weil sie mitbekommen hatte, wie in den ersten Monaten seines Regimes andere diesen Fehler gemacht hatten. Sie wollte ihm keinesfalls die Gelegenheit geben, zu sagen, sie solle gefälligst ihren Hintern aus dem Stuhl erheben, und eine Belehrung über Anstand und berufliche Etikette über sich ergehen zu lassen.

Tru war sicher, daß der überaus beförderungswürdige Rhonn bei allen Schulungen über moderne Personalführung gefehlt hatte.

„Gut. Ich übergebe Ihnen den Fall.“

„Ich verstehe nicht...“ fing Tru an.

„Natürlich verstehen Sie nicht. Deshalb möchte ich ja mit Ihnen sprechen.“ Rhonn lächelte tückisch. „Deshalb sind Sie nach drei Jahren in dieser Abteilung immer noch nicht befördert worden. Aber das ist wahrscheinlich Ihrem zunehmenden Alter und Ihrer geringen Erfahrung zuzuschreiben.“

Er wartete auf die Wirkung seiner verletzenden Bemerkung. Je nach dem, ob sie zurückwich oder zum Gegenschlag ausholte, würde er danach mehr über sie wissen und wie sie damit zu manipulieren war.

Tru sah ihn an, ihre Augen verengten sich angeekelt. Sie stellte sich direkt über seiner Nasenwurzel eine Einschußstelle vor. Ihre Lippen verzogen sich leicht, und sie grinste.

Rhonn war überrascht. Das hatte er nicht erwartet. Der Anblick ihres andauernden Lächelns gefiel ihm nicht. Die leicht entblößten Zähne verliehen ihrem Gesicht einen raubgierigen Ausdruck.

Er räusperte sich. „Manches kann vielleicht durch die Tatsache erklärt werden, daß Sie sich während der theoretischen Ausbildung in der unteren Hälfte der Klasse befunden haben. Sie standen auf der Kippe, Ihre Arbeitsleistung in den letzten drei Monaten entspricht in etwa der dürftigen Leistung von damals." Rhonn versuchte, auf sein eigentliches Thema zurückzukommen.

Tru erschrak über seine Grobheit und darüber, daß er die feine Linie zur Belästigung wieder überschritten hatte. Er war auf der sicheren Seite, es gab ja keine Zeugen.

„Zugegeben, ich hatte Probleme, aber..." fing Tru an und wollte sich nicht auf das sattsam bekannte Terrain einlassen.

Rhonn ließ ihr keine Chance. Er unterbrach sie mitten im Satz. „Daß Sie Probleme hatten, glaube ich gern. Der Fall Dover ist das erste und beste Beispiel, das mir dazu einfällt. Und zusätzlich zu diesem kleinen Fiasko, bei dem zwei Streifenpolizisten Sie vor weiteren Demütigungen bewahren mußten, denke ich nur ungern an die Qualität Ihrer Abschlußberichte in mehr als einem Fall."

Schon wieder Dover, seufzte Tru innerlich. Sie dachte

an den schmuddeligen Terry Dover, wie er über ihr stand, als sie zusammengekrümmt am Boden lag.

***

Dover hatte frech am hellichten Tag ein feineres Bekleidungsgeschäft im Zentrum überfallen. Tru hatte sich, glücklicherweise oder leider, an diesem Tag mit Eleanor zum Mittagessen getroffen. Sie saßen ein Stück entfernt in einem Straßenrestaurant, als sie die Schüsse hörte. Tru sah Dover aus der Tür stürzen und den Bürgersteig entlangrennen.

Sie stand blitzschnell vom Tisch unterm Sonnenschirm auf, Eleanor schrie und wollte sie hindern und festhalten. Tru befahl ihr, die Polizei zu alarmieren, und setzte dem Flüchtenden nach. Sie sah, wie Dover durch den Verkehr rannte, seine Waffe willkürlich auf Autofahrer richtete, in großen Sprüngen die Straße kreuzte und in einer Seitengasse verschwand. Sie zog ihre Waffe, flitzte durch den Verkehr, der sich vor Schreck verlangsamt hatte, ihm nach.

Es war dumm gewesen, so unbesonnen hinterherzurennen. Nach wenigen Metern blieb sie im Schatten der Häuser stehen. Sie ging in die Hocke und preßte sich an eine Mauer. Mit angehaltenem Atem lauschte sie auf jede Bewegung und schlich dann an der Mauer entlang, blieb wieder stehen, bis sich ihre Augen an das Spiel von Licht und Schatten gewöhnt hatten.

In der Ferne waren Sirenen zu hören, und sie wußte, daß Hilfe nahte. Kein anderes Geräusch lag in der Luft. Die schmale Gasse streckte sich unheimlich lang zwischen den hohen, dunkel drohenden Gebäuden. Sie dachte einen Augenblick an die ordentlichen, betuchten Geschäftsleute, die vielleicht einen ungerechtfertigt hohen und brutalen Preis dafür bezahlt hatten, daß sie mehr Geld als Verstand hatten. Sie wollte Dover nicht aus den Augen verlieren, deshalb richtete sie sich auf und trabte flott durch den herumliegenden Abfall, an Mülltonnen und leeren Kisten entlang, die an den Hauswänden aufgereiht standen.

Sie war überhaupt nicht darauf gefaßt. Die schmale, niedrige Tür lag zurückgesetzt auf der Westseite des Gebäudes. Hinterher erinnerte sich sie sich vage, daß sie auf ihre Füße geachtet hatte, als sie einem Wasserhahn auswich, der aus der Wand hervorstand. Sie meinte, sich an einen kurzen Sprung zu erinnern, doch bevor sie auf dem Boden landete, traf sie der Griff von Dovers Pistole am Kopf, und die Welt explodierte.

Ihre rechte Hand hielt ihre .45er noch umklammert, als sie hart auf das nasse Pflaster aufschlug. Als sie die Augen öffnete und Dovers Gestalt über sich schwanken sah, war sie sich ihrer mißlichen Lage irgendwie bewußt.

Er stand über ihr und richtete grinsend seine Pistole mitten auf ihre Stirn. Sie sah, wie sich die Kugeln langsam im Revolver drehten und er den Abzug spannte.

„Tschüß, Baby", sagte er kühl.

Die Zeit blieb stehen, Tru beobachtete die Bewegung des Abzughahns. In diesem letzten Augenblick konnte sie nur daran denken, wie angemessen er gekleidet war, mit schwarzer Cowboyjacke, Jeans, Stiefeln und schmutzigem blauen Jeanshemd.

Mit dreiundzwanzig unterschied er sich nicht groß von dem dreizehnjährigen Schläger, den sie vor zehn Jahren als junge Beamtin verhaftet hatte. Er sah aus, als sei ihm seine Laufbahn nicht leichter gefallen als ihr die ihre. Sie beschloß, daß ihr Dienstgrad nicht auf dem Grabstein stehen sollte, aber wie die Dinge aussahen, würde sie nicht mehr gefragt werden.

Tru wußte, daß sie in Lebensgefahr schwebte. Sie wußte, daß sie im Halbdunkel dieser winzigen Gasse sterben würde, mit dem Dröhnen eines einzigen klaren Gedankens im Kopf: dumm, dumm, dumm. Es wäre mehr als peinlich, das der Göttin zu erklären, wenn sie vor sie treten mußte.

Die Zeit kroch noch langsamer dahin. Trus Arm flog reflexartig hoch, sie schoß. Ihre Kugel streifte seinen Kopf und nahm ein Stückchen Haut mit, ansonsten flog sie harmlos an ihm vorbei. Die sengende Überraschung brachte ihn ins Wanken, und plötzlich explodierte unter Trus erstauntem Blick seine Brust. Mit einiger Verspätung drang das Geräusch der Kugeln an ihr Ohr. Sie waren durch das schmutzige Jeanshemd gedrungen und hallten in der schmalen Häuserschlucht wider.

Schmerz und Schock überzogen Dovers Gesicht, er schwankte nach vorn, drehte sich in stummem Flehen zu Tru und stürzte wie eine zerbrochene Puppe auf sie nieder. Die Polizisten, die Dover erschossen hatten, zogen ihn weg. Sie riefen einen Krankenwagen, während Tru wie betäubt an der Hauswand lehnte. Aus der Kopfwunde tropfte Blut über ihr Gesicht.

Eleanor hatte sich mitfühlend gezeigt, sogar besorgt, doch das Ereignis hatte weder ihre Ansprüche noch ihr Verhalten verändert. Im Gegenteil, es verschärfte die Probleme, weil es Eleanor noch einen Grund lieferte, an Tru herumzumäkeln. Eleanor wollte, daß Tru sich versetzen ließ. Eleanor bestand insbesondere auf einer Arbeit, die sicherer war, mit normalen Dienstzeiten und geringeren zeitlichen, körperlichen und geistigen Anforderungen. Etwas, bei dem sie Tru besser unter Kontrolle hatte. Das war eine andere Art zu sterben. Langsamer, nicht weniger schmerzlich und genauso sicher wie Dovers gemeiner Anschlag.

***

„North, North! Hören Sie mir noch zu?" Rhonn schlug mit der Faust auf den Tisch. „Ich rede mit Ihnen."

„Verzeihung, Sir", murmelte Tru. „Ich meine nur, ich kenne mich mit Bomben nicht aus. Ich frage mich wirklich, warum Sie mir den Fall übertragen wollen."

„Darauf komme ich noch." Rhonn drehte seinen Stuhl, beugte sich vor und faltete gönnerhaft die Hände. „Wir haben den begründeten Verdacht, daß zwischen diesem Vorfall und dem Bombenattentat letztes Jahr in Olathe in Kansas ein Zusammenhang besteht. Die gleiche Art der Verpackung, die gleiche Art Sprengstoff, aber mit etwas weniger Effekt. Es paßt bei weitem nicht alles perfekt zusammen, aber es reicht, um die Regierung auf den Plan zu rufen. Bei diesem Fall hat der arme Teufel allerdings überlebt, wenn auch ohne den größten Teil seines Gesichts und seine ganze rechte Hand."

Tru schauderte bei dem Gedanken. Manchmal konnte sie sich nicht mehr erinnern oder vorstellen, warum sie zur Polizei gegangen war. Bei jedem Fall, den sie bearbeitete, verfolgten sie die Bilder von Schmerz und Zerstörung. Ihre Mutter hatte ihr Krankenpflege empfohlen, aber Tru wußte, daß sie die tägliche Ration Schmerz und Blut nicht ertragen konnte. Bettschüsseln hatten sie auch abgestoßen. Bei der Polizei konnte sie ihre Abscheu dazu einsetzen, ihre Phantasie zu steigern, und das half ihr, die Täter zu finden. Sie tat es nicht besonders gern, aber sie war gut darin. Sie war gern gut in ihrem Beruf, nur das war ihr wichtig.

„Ich gebe Ihnen den Fall, weil Sie im letzten Jahr an dem dreiwöchigen FBI-Kurs über Serienmörder teilgenommen haben. Jetzt haben Sie Gelegenheit, die Kosten, die Sie der Abteilung verursacht haben, wieder hereinzuarbeiten", sagte Rhonn, griff über seinen Schreibtisch aus Walnußholz und blätterte geistesabwesend in einem Stapel Notizen.

Sein Büro war makellos. Tru hatte gehört, er habe sich die Möbel selbst gekauft, um seinen konservativen Geschmack zufriedenzustellen, sich ins rechte Licht zu rücken, noch mehr Eindruck zu machen.

Die Wände waren in Dunkelrot und Tannengrün gehalten, mit winzigen schwarzen Mustern. Mahagonigerahmte Jagdszenen, in genau der richtigen Höhe an genau die richtigen Stellen gehängt, vervollständigten die Inszenierung. Keine persönlichen Gegenstände, außer den üblichen Diplomurkunden, bescheidenen Fortbildungszertifikaten und Anerkennungsschreiben lokaler Politiker. Nichts in diesem Raum wies auf die nicht berufsbezogene Seite des Mannes.

Er hatte nicht die Absicht, seine Untergebenen zu beeindrucken oder zu informieren. Untergebene waren für ihn nutzlose Wesen, außer sie arbeiteten seinem Status zu. Rhonn war ein geschlossenes Buch, außer für die, von denen er annahm, daß sie ihm nützlich sein könnten – seine Vorgesetzten und die politischen Freunde, die er die letzten zwanzig Jahre über gepflegt hatte.

„Der FBI-Kurs war natürlich gut, Captain", sagte Tru fast stotternd. „Aber die Sache ist die, es war eben nur ein Kurs. Es gibt Kollegen, die intensiver und gründlicher ausgebildet sind, ganz zu schweigen von denen, die erheblich mehr Erfahrung haben. Ich möchte die Sache gut machen, aber Jones mit seiner militärischen Erfahrung mit Sprengstoff ist sicher besser geeignet."

Tru haßte ihren Tonfall. Ihre Stimme klang unsicher, leise und unentschlossen. Sie wußte nicht, woher sie kam, aber ihre Stimme war das nicht. Sie klang wie ein weiteres Geschenk, das Eleanor ihr hinterlassen hatte.

Eigentlich hatte sie den Captain um einen höchst notwendigen Urlaub bitten wollen. In den letzten drei Monaten hatte sie drei Wochen Überstunden angesammelt. Neue Eindrücke würden ihr rundum gut tun.

„Er arbeitet bereits an dem Fall und zwar zusammen mit Jenkins. Aber ich möchte auch Sie dabeihaben. Sie werden sozusagen meine persönliche Berichterstatterin sein, der frische Blick auf die Dinge. Das gibt mir auch die Möglichkeit, Sie besser beurteilen zu können. Ich weiß nicht, ob Sie sich darüber im klaren sind, aber Sie befinden sich auf dünnem Eis. Ich mag keine überstürzten Personalentscheidungen, und ich will Ihnen nicht Unrecht tun. Sie sind vielseitig und begabt. Das ist die Gelegenheit, sich zu bewähren." Er lächelte sie an und bedeutete ihr, Platz zu nehmen.

„Was meinen Sie mit sich bewähren?" fragte Tru zögernd. Der Verlauf des Gesprächs gefiel ihr nicht.

„Das, was es heißt", sagte er und übersah, daß sie das Angebot, sich zu setzen, nicht annahm. Er reckte sich selbstsicher und zog einen Aktenordner aus der mittleren Schublade seines Schreibtischs. „In den letzten sechs

Monaten waren Ihre Leistungen so kläglich, daß ich von ganz oben die Anweisung bekam, Sie einer besonderen Beurteilung zu unterziehen. Das könnte ich nicht sorgfältig tun, wenn ich Sie mit einem Kollegen zusammenstecken würde, habe ich recht?" Er legte eine effektvolle Pause ein.

„Sir?" Tru wollte nicht glauben, was ihr Verstand ihr sagte. Sie kannte Rhonns besondere Beurteilungen. Drei Beamte waren im letzten Jahr Gegenstand dieser besonderen Beurteilungen gewesen, was alle drei die Karriere gekostet hatte. Auch ihren Freund Timothy.

Timothy Youghons wurde als letzter Rhonns „Spezialbehandlung" unterzogen. Es hatte zwei Monate vor seiner Kündigung eingesetzt. Youghons hatte noch versteckter gelebt als Tru. Vielleicht vermutete der eine oder andere Kollege, daß er schwul war, aber außer Tru wußte es niemand.

Sie hatten sich vor drei Jahren angefreundet, so schnell und sicher, wie Vögel der gleichen Art einander erkennen. Das war kurz nachdem sie ihre Beförderungen bekommen hatten. Während seiner letzten zwei Monate in der Abteilung hatte Timothy oft gescherzt, daß er immer bestrebt war, in der schwul-lesbischen Gemeinde von Kansas City ein Bollwerk der Verschwiegenheit zu sein. Eine Notwendigkeit in der Provinzsituation von Kansas City, Missouri.

Er hatte kurz vor Rhonns besonderer Beurteilung viel Pech gehabt und eine scheußliche Trennung hinter sich gebracht. Eines Tages war Timothy einfach nicht mehr da. Seine Sachen waren von seinem Schreibtisch verschwunden. Nach seiner Kündigung schwirrten Gerüchte über Timothys sexuelle Orientierung herum. Rhonn hatte dafür gesorgt, daß bei seinem Weggang sein Ruf als Ermittlungsbeamter nicht unbeschädigt geblieben war.

Es war zur schlichten, bedrückenden Tatsache geworden, daß, wenn Rhonn jemanden aufs Korn nahm, alles Verborgene auf unangenehme Weise ans Licht kam. Tru hatte erfahren, daß Timothy vor die Wahl gestellt worden war, zu gehen oder sich der Ächtung der ganzen Abteilung auszusetzen. Das war ein Karrierekiller, und Rhonn hatte seine Freude daran.

Tru wußte, daß die Amtsobersten dem Fußvolk nie soviel Wichtigkeit beimaßen, daß sie eine besondere Beurteilung über irgend jemanden anforderten. Sie mußten von einem Bereichsleiter erst dazu gedrängt werden.

Es war eine Falle, und Tru war klar, daß Rhonn es nun auf sie abgesehen hatte. Sie mochte nicht daran denken, daß der Sonderbericht etwas mit ihrem Lesbischsein zu tun hatte. War Rhonn ein Hexenjäger oder nur ein übereifriger Vorgesetzter? Nein, dachte sie, er hatte andere hinausgeworfen oder zur Kündigung gezwungen, die nicht homosexuell waren.

Egal, sie wußte, daß sie nicht noch mehr Komplikationen in ihrem Leben brauchen konnte. Nicht jetzt. Eigentlich nie. Aus ihrer Magengrube stieg ein Schwächegefühl auf bis in die Kehle.

„Wenn ich Sie wäre, würde ich meine Schulungsunterlagen abstauben, die Berichte lesen und einen Aktionsplan für die Ermittlungen entwickeln, Detective North. Geben Sie die Fälle, mit denen Sie gerade beschäftig sind, an Charlie und Fred ins Referat Sitte und Scheckbetrug weiter. Sie widmen sich ab sofort ausschließlich dieser Sache, verstanden?“ Rhonn klappte den Ordner, auf dem quer Trus Name geschrieben stand, wieder zu.

„Völlig", sagte Tru.

„Sie können gehen", sagte Rhonn barsch, als Tru sich zur Tür wandte. „Und bleiben Sie mit mir in Verbindung."

„Wie oft?" fragte Tru, obwohl sie die Regel kannte.

„Ungefähr alle zwei Wochen. Öfter, wenn Sie etwas zu sagen haben, das zu hören sich lohnt", sagte Rhonn. Als er zum Telefon griff, huschte ein schiefes Lächeln über seine Lippen.

Er war ein geduldiger Mann, der sich viel Zeit ließ, sie in die Falle tappen zu sehen. Er hatte ihr die exotischste Aufgabe zugewiesen, die er sich denken konnte, und war sich des Ausgangs sicher. Sie würde kämpfen, sich verhaspeln und dann unter dem Gewicht und der Komplexität des Falls zusammenbrechen. Der Fall war nicht zu gewinnen. Es gab keine Spuren. Er war buchstäblich unlösbar und eine wunderbare Möglichkeit, sie und ihre Fähigkeiten zu beurteilen.

Er beobachtete seit einiger Zeit, wie sich ihr Zustand langsam verschlechterte. Er hatte sie, ungeachtet ihrer äußeren Erscheinung, nie gemocht. Aber sie hatte sich nie gegen ihn gestellt, ihn nie herausgefordert oder sich über die Behandlung beklagt.

Vor kurzem war ihr anscheinend etwas zugestoßen. Sie war fügsamer geworden, und diesen Vorteil konnte er sich zunutze machen. Es war ihm egal, was ihr passiert war, wo und mit wem. Was auch immer, es hatte sie angenehmer gemacht.

Sie war zu stolz gewesen, zu selbstsicher und hatte auf ihre stille Art seine Autorität zu oft herausgefordert. Er mußte etwas unternehmen, sie in Übereinstimmung mit dem zu bringen, was ein weiblicher Ermittlungsbeamter seiner Meinung nach sein sollte. Seiner Meinung nach gehörte sie in die Abteilung Jugendkriminalität oder als Hausmutter in ein nettes, gemütliches Frauengefängnis.

Er würde ihr Zeit und Spielraum lassen, bis sie um ihre Versetzung zur Parkuhrüberwachung bettelte oder in einen traditionelleren Frauenberuf wechselte. Er würde Miss Tru North Zeit geben, bis sie fix und fertig war, und ihr dann nahelegen, den Polizeidienst zu verlassen. Zu ihrem eigenen Besten.

Er mochte die neue, verletzbare Tru. Er würde ihre Verletzbarkeit nutzen. Daß er gewinnen würde, wußte er, und er leckte sich im Vorgeschmack seines Triumphs unwillkürlich die Lippen.

# 4

Samstagabend um neun Uhr lehnte sich Tru an ihrem Schreibtisch zu Hause zurück und klappte die Akten der Bombensache zu. Sie hatte bis jetzt über den Kopien gebrütet, sich Notizen gemacht und Auszüge in das Notizbuch abgeschrieben, das sie für diesen Fall angelegt hatte. Müde rieb sie sich die Augen, blickte zur Uhr auf dem Kaminsims und überlegte kurz, ob sie nach draußen gehen sollte, um den Kopf frei zu bekommen. Aber schon bei dem bloßen Gedanken sackte ihr Magen ins Bodenlose, denn nach und nach fielen ihr die Details ihrer Eskapade Freitagabend in der Round Table Bar wieder ein.

„Schlimmer als schiefe Absätze", sagte Tru höhnisch in den Raum. Sie hob Poupon, ihren grauen Kater, hoch, streichelte sein weiches Fell und tröstete sich damit. Er schnurrte sie zufrieden an.

Der Freitagabend war eine entfernte, verschwommene Vorstellung. Sie hatte versucht, ihren Selbstekel mit einer Sonderration Bourbon zu bekämpfen. Sie tauchte in einen Nebel, und das hatte sie am nächsten Morgen besonders erschreckt. Ihre unmittelbare Erinnerung an die Bar war quälend undeutlich.

Sie wußte, daß es ein gefährliches Zeichen war, sich bis zur Besinnungslosigkeit zu betrinken, ein Zeichen, das sie nicht übergehen durfte.

Der Samstagmorgen hatte sie wie eine Abrißbirne am

Hinterkopf getroffen. Ihr Mund schmeckte, als hätte ein müdes Amazonenheer seine Socken darin gewechselt. Doch das war nichts im Vergleich zu dem, was Kopf und Magen ihr in der kurzen Zeit antaten, die sie sich an dem Tag wachhalten konnte. Feigheit und Brechreiz trieben sie zur Vernichtung der Reste an Schmerzmitteln, die ihr nach einer Zahnwurzelbehandlung im letzten Jahr verschrieben worden waren.

Sie war sich ziemlich sicher gewesen, daß die Medikamente und der Alkohol, die sich in ihrer Blutbahn vereinigt hatten, sie nicht umbringen würden. Nicht ganz sicher, aber ziemlich, und ihr war sowieso alles egal. Sie schluckte die Tabletten. Als sie wieder aufwachte, war es dunkel. Sie schaffte es, eine Dose Hühnersuppe warmzumachen, zurück ins Bett zu gehen und auf den Sonntagmorgen zu warten.

Es hatte funktioniert, fast. Am Sonntagmorgen wachte sie auf und fühlte sich auf lästige Weise menschlich. Sie bekräftigte ihre Rückkehr in die Wirklichkeit, indem sie ins Fitnesstudio ging. Nach einem kurzen, intensiven Krafttraining ließ sie sich von der dampfenden Sauna den Rest Unreinheit aus dem Körper schwemmen. Es war nahezu vollkommen.

Die Unvollkommenheiten befanden sich in ihrem Gedächtnis. Keine Willensanstrengung, kein lockeres Vor-sich-hin-Pfeifen, keine Entspannungstechnik ließen sie die berauschende Berührung der Frau vergessen, der sie erlaubt hatte, Sex mit ihr zu haben. Kein Willensakt verschaffte ihr eine Erinnerung an das Gesicht der Frau, an ihren Namen oder die Umstände ihres Zusammentreffens. Ihr Gedächtnis war leer. Aus der Frau waren körperlose Hände und Finger geworden. Tru war hin und her gerissen zwischen der Hoffnung, das Ganze sei nur ein Traum gewesen, und der Hoffnung, es sei wirklich so geschehen. Sie fragte sich, ob sie je wieder in diese Bar gehen konnte oder wollte. Sie hatte plötzlich das hysterische Gefühl, in keine Frauenbar der Stadt mehr gehen zu können. Die unwahrscheinliche Möglichkeit, dieser Frau noch einmal zu begegnen, erschreckte sie.

Wie, wenn sie ihr begegnete, und die andere erinnerte sich an sie? Wie, wenn sie ihr begegnete, und sie erinnerte sich nicht mehr an sie? Was würde sie sagen? Wie könnte sie überhaupt etwas sagen? Was könnte sie vielleicht sagen?

Schließlich ergab sich Tru dieser weiteren Niederlage und faßte den Entschluß, in diesem Leben die Round Table Bar nicht wieder zu betreten. Sie mußte sich peinlicherweise eingestehen, daß zwar sie sich nicht an Einzelheiten des Abends erinnern konnte, die anderen Gäste jedoch möglicherweise schon. Sie wollte nicht erleben, wie ihnen diese Geschichte wieder vor Augen stand. Sie war zu einem Geheimnis geworden, und Tru wollte es dabei belassen, in der Hoffnung, daß der bedauerliche Zwischenfall in den Hintergrund treten und zu einem leisen Gewissensbiß werden würde.

Hör sofort auf damit, befahl sie sich müde. Widerwille und Bitterkeit würden ihr Gefühl der Hilflosigkeit nur noch steigern. Sie mußte sich in den Griff kriegen und zwar bald, sonst ging es mit ihr tatsächlich bergab.

Ich will aber ausgehen, jammerte sie vor sich hin. Ich war die ganze Woche über brav. Ich kann auch heute abend brav sein. Einmal ist keinmal. Oder sagen das alle Alkoholikerinnen? Ihre Stirn legte sich in Falten.

„Ich werde mich duschen. Dann geht's mir besser,

nicht wahr, Poupon?" fragte Tru. Der Kater reckte sich desinteressiert. „Ja, ganz richtig."

In der Dusche ließ Tru das Wasser über den Körper rinnen. Sie genoß die wunderbare, belebende Entspannung. Den Gedanken an die Bombenattentate hatte sie hinter sich gelassen und gab sich ganz dem dampfenden Vergnügen des heißen Wassers hin. Sie ließ sich Zeit und seifte mit der Hand jeden Zentimenter Hautoberfläche, jede Rundung ihres Körpers ein.

Als sie die Augen schloß, schienen sich andere Hände zu den ihren zu gesellen. Hände, die sie gespürt hatte. Hände, die sie wieder fühlen wollte. Hände, deren Geheimnis so groß war, daß sie nie den Mut haben würde, es zu lüften.

„Närrin", flüsterte sie und ließ das heiße Wasser ihre Hirngespinste vertreiben.

Vierzig Minuten später, frisch geduscht und belebt, zog Tru sich fertig an. Sie saß auf der Bettkante und band sich die Schuhe; Jeans und Baumwollhemd waren dort, wohin sie gehen wollte, das Richtige. Sie stand auf und ging mutig zur Tür.

„Warte nicht auf mich, außer du möchtest es wirklich", rief sie Poupon zu, als sie abschloß.

Dreißig Minuten später atmete Tru tief durch und betrat das Tres Florets. Sie seufzte erleichtert – hier war es besser als im Round Table. Leisere Musik, diskrete Gesellschaft und die Möglichkeit, Zeit totzuschlagen, ohne selbst totgeschlagen zu werden. Tru blinzelte und versuchte etwas zu erkennen, während sie den kurzen, dunklen Flur entlangging. Fast hätte sie George auf seinem hohen Hocker übersehen und umgerannt.

„Hallo, Süße, immer langsam. Du hast viel Zeit, und

drinnen sind viele Ladys. Du brauchst gegen mich keine Gewalt anzuwenden", tadelte er.

„Entschuldige, George, ich vergaß. Das Ende des Flurs kam so plötzlich", sagte Tru, als sie seine vertraute Stimme erkannte. Die dunklen Schatten der Bar verbargen sein Gesicht.

„Tru! Bist es du, wirklich du, Tru?" hänselte George wie üblich. „Ich will mal das Licht hier anknipsen", sagte er und griff nach der Schnur für die Lampe auf dem alten Podium neben dem Eingang. Die indirekte Beleuchtung an der Rückwand ließ nur die Bar und die Barfrau deutlich erkennen. Von der Decke hingen Lampen mit gedämpftem Licht, die Blau- und Goldtöne tauchten die Gäste in zarte Schatten.

Es war ein bißchen gespenstisch, aber Tru gefiel es. Nichts war deutlich sichtbar, aber vom Round Table her hatte sie noch genug von der Sichtbarkeit.

„Pst!" sagte sie scharf. „Du mußt mich nicht ankündigen." Sie merkte, wie sie rot wurde, als George von der Bar zurückkam.

Er legte grimmig lächelnd einen Arm um sie und rief der Barfrau zu: „He, Doris! Schenk ein Glas ein für mich und meinen Schatz Tru, meine süße kleine Tru." George grinste aus der Höhe seiner schlaksigen einsneunzig auf sie herunter.

An der Bar saßen ein halbes Dutzend Männer und Frauen, und Tru sah, wie sich mehrere Köpfe kurz in ihre Richtung drehten. Sie beschloß, sie zu ignorieren. Sie sah sie sowieso nur verschwommen und erkannte niemand. Die Beleuchtung war dürftig, und sie war schon lange nicht mehr hier gewesen. Sie wußte, daß die Stammgäste Georges gelegentliche Ausbrüche gewohnt waren. Sie waren ein Teil der Gratisshow und sein Markenzeichen. Er begrüßte die Gäste selten überschwänglich, aber wenn, dann machte es allen Spaß. Die Stammgäste warteten immer schon freudig auf sein nächstes Opfer. Heute abend war es Tru.

Doris, die Barfrau, war eine große alternde Amazone, die aussah, als könnte sie es immer noch mit der Ersten Bewaffneten Division aufnehmen. Sie winkte George und Tru freundlich zu. George und Doris hatten die Bar vor zwanzig Jahren gekauft. Sie war ihre Alterssicherung und ein Bollwerk gegen die Zeit.

Es war ihnen gelungen, ein florierendes Geschäft daraus zu machen. Doris kümmerte sich um das Geld und George sich um die Gäste. Ihre Temperamente ergänzten sich, und das Ganze war ein Erfolg. Sie hatten aus ihrer Bar einen schützenden Hafen gemacht, in dem es keinen Haß, keinen Lärm, keine Melancholie gab. Er wurde von der Gemeinde geschätzt und gern besucht.

Doris drehte sich mit einem Nicken den an der Wand aufgereihten Alkoholika zu. Sie hatte Georges Bitte verstanden.

„Laß es, George. Ich bin nur für einen ruhigen Drink hergekommen“, sagte Tru und widerstand seinem Drängen, ohne ihn beleidigen zu wollen. Sie hoffte auf sein Verständnis.

„Du bist hier in einer Disco, Liebes, nicht in den Bergen. Wenn du Ruhe haben möchtest, mußt du auf die dunkle Seite der Laune gehen. Oder heißt es der Luna?“ George sah Trus Miene und senkte seine Stimme. „Nun, wenn du das willst, tu es. Nur jetzt nicht, weil dein Auftauchen etwas Besonderes ist. Was hat die böse Eleanor dir angetan? Dich in eine Kiste gesperrt – das soll jetzt kein Witz sein – und dich nicht rausgelassen, bis du um Gnade gefleht hast?“

George scherzte und schnatterte pausenlos, während er Tru an die Bar schob und einem Kellner bedeutete, für ihn an der Tür zu stehen.

„Na ja, nicht ganz“, sagte Tru erschrocken. „Und jetzt nicht mehr“, bekannte sie mit zugeschnürter Kehle. Sie wandte sich von George ab und auch von dem Ausdruck auf Doris' Gesicht, als sie das Bier vor sie auf die Theke stellte.

„Oh, Liebes“, sagte George und zog sie voll ehrlicher Sorge an sich. „Es tut mir so leid. Geht's dir gut? Was ist denn passiert?“ Er feuerte die Fragen in schneller Folge ab, zog einen Hocker für Tru heran und gab Doris ein Zeichen.

„Nicht jetzt, nicht hier. Vielleicht überhaupt nie.“ Er zog sie zu dem Sitz, aber Tru widerstand.

George warf einen Blick über den Tresen, ergriff Trus Hand, tätschelte sie und sagte: „Komm, ich lade dich auch noch zum nächsten Drink ein. Setzen wir uns an einen Tisch, da sind wir ungestört. Dann kannst du Onkel George alles erzählen.“ Seine Stimme lockte Tru sanft von dem angebotenen Hocker weg.

George legte ihr die Hand auf die Schulter und führte sie zu einer freien Sitzgruppe. Als sie am langen Tresen vorbeigingen, fiel Tru eine Frau auf, die mit dem Rücken zu George und ihr an der Bar saß. Sie schien Tru und ihren Begleiter in den Spiegeln hinter der Bar genau zu beobachten. Tru merkte, wie sich ihre Augen kurz begegneten, und ging weiter.

Georges Gestalt und das schummrige Licht verhinderten einen deutlichen Blick auf das Gesicht der Frau. Es blieb im Schatten verborgen. Tru konnte wenig mehr als ihre breiten Schultern erkennen. Im Dämmerlicht der Bar hätte sie wahrscheinlich selbst Eleanor nicht erkannt. Sie zuckte zusammen. Klar, die Frau beobachtete. Durch den breiten Türbogen beobachtete sie die Tanzfläche im anderen Raum. Sie und George passierten den Bogen auf ihrem Weg zu den Tischen.

Tru merkte, daß sie ihre Attraktivität, ihre Wirkung auf andere Frauen überschätzte. Bitter fragte sie sich, ob der Glaube, daß die Leute sie anstarrten, das Warnzeichen einer beginnenden Geisteskrankheit sein könnte. Vielleicht gar nicht so schlecht, dachte sie. Eine sichere, schleichende Geisteskrankheit. Sie würde ihr Leben mit Eleanor, ihr Leben bei der Polizei oder ihr Leben als liebesfähige und wiedergeliebte Person nicht vermissen. Tru schüttelte den Gedanken ab und glitt auf den Sessel, den George für sie ausgesucht hatte.

„Ich sitze mit dem Rücken zur Tür, George. Du weißt, daß ich das nicht mag." Sie merkte, wie sich ihre Nackenhaare sträubten.

„Wahnvorstellungen einer Polizistin, meine Liebe. Altmodisch, längst überall durchgekaut und langweilig. Du hast zu viele Krimis gesehen", versicherte George. „Setz dich, nimm dich zusammen, trink einen großen Schluck von diesem Drink und erzähl mir, was die Welt dir angetan hat."

George war geduldig. Er ließ Tru langsam das Bier schlürfen, das Doris gebracht hatte. Sie schwieg beharrlich. Gelegentlich tätschelte er ihre Hände, die das Glas umklammerten. Stumm beobachtete er die Gäste, wie sie in Gruppen, zu zweit oder allein kamen und gingen. Er wartete, bis Tru redete. Einmal nickte er einer Frau zu, die von ihrem Barhocker gerutscht war, herüberkam und sich in der Sitzgruppe direkt hinter Tru niederließ. Er fragte sich flüchtig, ob sie darauf wartete, daß ihre Geliebte durch die Tür trat, und hoffte, sie würde nicht enttäuscht werden.

George war Romantiker. Er konnte niemanden allein sehen. Wieder blickte er Tru an. Das Herz tat ihm weh, sie in diesem Zustand zu sehen.

„Es ist nichts, George, zumindest nichts, was ich ändern kann", sagte Tru heftig und warf sich gegen die gepolsterte Rückenlehne des Sessels.

George zuckte zusammen und überlegte, ob die Frau auf der anderen Seite des Doppelsitzes angerempelt worden war. Mit einer Frau, die so streitbar aussah, wollte er nicht in eine Auseinandersetzung über anständiges Verhalten in einer Bar geraten. Ihre Bewegungen waren gelassen und sicher, sie wirkten auf eine gewisse, ruhige Weise räuberisch. Er haßte Auseinandersetzungen mit diesen Butch-Typen. Ihn würde sie schlagen, das wußte er, den Kampf mit Doris aber verlieren. George war erleichtert, daß von der anderen Seite kein Protest kam.

„Nichts gibt es nie. Wir kommen später darauf zurück", sagte er eindringlich. „Erzähl mir, was dir widerfahren ist."

„Kurz und bündig?" Tru suchte nach Worten und spuckte sie aus, so schnell sie konnte. „Eleanor kann mich nicht aushalten und ist gegangen... nein, ich bin gegangen. Mein Leben ist völlig durcheinander. Mein Job steht auf der Kippe. Mein Chef will meinem Kopf. Und überall blinken die Warnlichter."

„Wow, das ist ja eine ganze Liste. Zuerst das Wichtigste. Erzähl mir von dir und Eleanor", machte George ihr Mut.

„Was gibt's da zu erzählen? Wenn ich sage, sie kann mich nicht aushalten, dann heißt das genau das. Vor vier Wochen bin ich ausgezogen, aber vorher hat sie mir noch sehr klar gemacht, warum ich gehen mußte."

Tru fühlte einen Hammerschlag auf ihr Herz, als sie sich an die Worte erinnerte, die Eleanor benutzt hatte. Als Tru die rasiermesserscharfen Worte herauspreßte, schnitten sie ihr wieder ins Fleisch.

„Ich sei sexuell nicht interessant genug, nicht hübsch genug und männlich identifiziert, weil ich Cop bin, mit Männern arbeite und die schmutzige Arbeit des Patriarchats verrichte. Wegen meiner faschistischen Neigungen sei ich zu hart, um je einer wirklichen Frau zu gefallen, außer als Objekt des Mitleids. Sie sei nur nett zu mir gewesen, sagte sie und... und habe nur so getan, als liebte sie mich. Sie habe gemeint, mich verändern zu können."

Die Worte strömten aus ihr heraus. Tru konnte nicht mehr aufhören zu reden, mußte alles aussprechen. Sie wagte nur den Schmerz zu fühlen, nichts anderes. Der war real, und sie brauchte etwas Reales, damit sie weiterleben konnte. Das war alles, was ihr geblieben war. Alles andere wäre zu gefährlich gewesen.

Tru hielt inne. Tränen stiegen ihr in die Augen, ihre Kehle war zum Ersticken eng. George hielt ihre Hände. Er war ziemlich erschüttert, und obwohl er Eleanor kannte, fragte er sich, wie sie so gemein sein konnte. Tru kannte er seit ihrem achtzehnten Lebensjahr, als sie zum erstenmal versuchte hatte, in seine Bar eingelassen zu werden. Sie war ein liebenswertes Wesen. In all den Jahren hatte er kaum eine freundlichere und sensiblere junge Frau kennengelernt.

„Kind“, sagte er tröstend. „Armes Kind.“

George fühlte Rachegelüste in sich aufsteigen. Wenn er Eleanor das nächste Mal traf, würde er ihr eine Spezialbehandlung zukommen lassen. Er wußte zwar noch nicht, worin die bestand, aber er war sicher, daß Eleanor sie verdiente.

„Oh... das ist noch nicht...“ Tru schluckte, um nicht mit jedem Wort zu ertrinken. „Das ist noch nicht alles. Sie sagte, wegen meiner Defekte, wie sie es nannte, wegen meiner Defekte mußte sie sich an andere Frauen wenden, damit sie nicht vergißt, wie es ist, eine Frau zu lieben. Das sei notwendig, sagte sie, weil ich eine Täuschung sei. Ich hätte keine Gefühle für eine Frau, die wirklich Frauen liebt. Sie sagte, ich sei eine kranke, verrückte Blenderin, der sie ihre Gefühle nie hätte anvertrauen dürfen.“

„O Gott.“ George zwang sich, ruhig zu bleiben, damit Tru alles aussprach, das sie zu sagen hatte. Er wollte sie beschützen, weil er wußte, daß niemand einem solchen Schmerz allein ausgesetzt sein sollte.

Eleanor hatte Tru mit bösartigen Angriffen überschüttet. George hatte erlebt, wie andere Beziehungen unter weit geringeren Belastungen emotional zerbrachen. Er hatte geahnt, daß Eleanor einen Hang zum Bösartigen hatte, aber nun erfuhr er, daß sie tatsächlich verdammt gemein war.

„George, vielleicht hat sie recht“, sagte Tru und winkte Doris um einen neuen Drink. „Wir hatten uns monatelang nicht berührt. Immer wenn ich die Hand nach ihr ausstreckte, entzog sie sich mit einer eiskalten Bemerkung. Ich bin seit Monaten nicht mehr berührt worden und habe mich monatelang nicht geliebt gefühlt... gut, das stimmt nicht ganz... aber Eleanor wollte mir zeigen, warum sie mich haßt, bevor ich ging. Sie wollte mich verletztten... und das ist ihr gelungen, George. Das hat sie wirklich hervorragend hingekriegt." Tru fiel erschöpft in den Sessel zurück.

„Ich habe gelogen. Ich wurde berührt, aber das... das war ein betrunkener, irrer Zwischenfall. Paßt gut zusammen, nicht wahr?" Tru blickte auf und sah, wie George erwartungsvoll die Augenbrauen hochzog. „Ich will nicht darauf eingehen. Ich kann mich nicht mehr an sie erinnern. Frag mich nicht. Aber ich glaube, es ist ein Beweis für Eleanors Thesen und daß sie vielleicht gar nicht so unrecht hatte", sagte Tru niedergeschlagen.

„Ach was. Das war ein Versuch, eine Spielerei, um dir zu beweisen, daß du noch lebst. Vielleicht wolltest du auch wissen, ob du nach Eleanor noch zu einem Gefühl fähig bist. Gib Eleanor nicht recht. Das hätte sie nämlich gern. Sie gibt keine Ruhe, bis sie verbranntes Land hinter sich lassen kann."

„Ich weiß, George, ich fühle mich nur so... so..."

„Ich weiß, meine Liebe. Kann ich etwas für dich tun?" George schwankte zwischen dem Wunsch, Tru tröstend in den Armen zu wiegen, und dem, Eleanor aufzusuchen und ihr den gemeinen Hals umzudrehen.

„Nein, nichts, George", sagte Tru ruhig. Sie saß minutenlang still da, Tränen strömten ihr übers Gesicht. George ließ sie weinen und bestellte noch ein Bier.

Sie saßen stumm beisammen. George war einfach da, mehr fiel ihm nicht ein. In den Musik- und Tränenpausen lächelte Tru schwach.

Schließlich überwand sie ihre lähmende Benommenheit und legte ihre Hand auf die seine. „Ich muß nach Hause, George. Es tut mir nicht gut, hier herumzusitzen.

Ins Bierglas zu weinen, allein oder in freundlicher Gesellschaft, das ist nicht die richtige Art, mit dem Leben fertigzuwerden. Ich muß nach Hause. Ich komme schon zurecht." Tru stand auf und wandte sich zum Gehen.

„Tru, du kannst bei uns wohnen. Das Gästezimmer ist frei. Du mußt nicht allein sein", meinte George besorgt. Freunde lassen einander im Liebeskummer nicht allein.

„O doch. Ich muß allein sein. Mein Großvater pflegte zu sagen: Du kommst allein rein und gehst allein raus, also gewöhne dich ans Alleinsein. Zynischer alter Mann, nicht wahr?" Sie winkte zum Abschied.

Tru nickte Doris zu und verschwand im Flur. George sah ihr besorgt nach. Es tat ihm leid, daß er nicht hatte helfen können. „Mir ist nicht wohl dabei. So sollte man eine Frau nicht behandeln", sagte George zu dem Platz, auf dem Tru gesessen hatte.

„Ganz sicher nicht", antwortete es von der anderen Seite der Sitzgruppe. Die Frau erhob sich, drehte sich um und sah ihm in die Augen. In ihrem Gesicht standen äußerste Konzentration und großes Selbstbewußtsein.

George war beeindruckt. Sie war groß, aber nicht zu groß, mit einer Anmut, die einem Panther gut gestanden hätte. Sie sah zum Ausgang, dann wieder auf George. Ihr kastanienrotes Haar war voll und locker. Irisch bis ins Mark. Sie nickte ihm zu und verließ die Bar.

***

Marki folgte Tru vorsichtig bis nach Hause. Das war nicht schwer. Tru versuchte, sehr aufmerksam zu fahren, weil sie getrunken hatte. Sie war langsam zu ihrem Wagen gegangen und lenkte ihn langsam heim. Marki wollte ihr unbemerkt folgen. Um sicher zu sein, daß ihr nichts passierte. Sie wußte nicht, was sie tun sollte, außer zu warten und darauf zu achten, daß Tru heil und sicher zu Hause ankam.

Marki parkte und wartete vor Trus Haus. Sie sah, wie die Lichter angingen, wie sich Trus Schatten ruhelos hinter den Vorhängen gewegte. Um vier Uhr morgens gingen die Lichter schließlich aus, und Marki wußte, daß Tru zu Bett gegangen war. Sie wollte sie in Sicherheit wissen. Sie wollte sie kennenlernen und war entschlossen, eine Gelegenheit dafür herbeizuführen.

# 5

Tru lenkte ihren unauffälligen Dienstwagen auf den Highway nach Süden und trat das Gaspedal voll durch. Nur so konnte sie sich sicher in den brausenden Verkehrsstrom Richtung Olathe einfädeln.

Olathe in Kansas war einmal ein verschlafenes Landstädtchen gewesen, das von der gutbetuchten Mehrheit auf der anderen Seite des Flusses ignoriert wurde. Das war vor zwanzig Jahren. Nun war Olathe, wegen der neuen Wohnsiedlungen freundlich „Land der kleinen Bäume" genannt, das Herz des aufblühenden Johnson County. Wichtige Industrien, Betriebe, Unternehmenszentralen und Ladenketten reihten sich aneinander und verwischten die Übergänge zwischen Stadt, Stadtrand und Land.

Hier brummte das Geschäft, gab es Neureiche und schnelles Geld. Die Wirtschaft fühlte sich wohl in Olathe und veränderte die Stadt nachhaltig. Chrom und Glas, Stahl und Marmor ersetzten Ställe und Scheunen.

Die Vorstadtzersiedelung wurde durch Highways zusammengehalten, die überfüllt waren mit Lastwagen und schnellen Autos. Alle waren ständig irgendwohin unterwegs und das mit unglaublicher Geschwindigkeit.

Tru erkämpfte sich auf der sechsspurigen Straße einen Platz und fuhr mit sicherem Überlebensinstinkt. Auf dem Highway durfte man nicht anders fahren als schnell. Es war ein Lebensstil.

Die Polizeidirektion von Olathe war im kürzlich umgebauten Rathaus untergebracht. Die Fassade war gründlich verändert worden, damit sie zu den burgunderfarbenen Mauern der Gerichtsgebäude paßte. Die Büros der Verwaltung und der Sonderabteilungen der Polizei lagen im fünften Stock, man erreichte sie über viele verwirrende Flure. Tru mußte zweimal nach dem Weg fragen; der Architekt hatte wohl eine besondere Neigung zu Irrgärten. Wie hoch das Honorar für den Entwurf gewesen sein mochte, es war zuviel gewesen, stellte sie schließlich fest.

Endlich entdeckte sie die richtige Tür und trat in ein kleines Vorzimmer. Sie fand sich einer Empfangsdame gegenüber, die es sich hinter kugelsicherem Glas in einer Festung aus Beton und Stahl bequem gemacht hatte.

„Kann ich Ihnen helfen?" fragte die Empfangsdame. Ihre Stimme schwebte über Trus Kopf in der Luft. Tru lenkte ihren Blick weg von der Dame, hinauf zum Lautsprechersystem an der Decke. Als sie ihn wieder der Empfangsdame zuwandte, lächelte die und nickte. Tru konnte sich nicht entscheiden, ob sie zur Decke sprechen sollte oder zum Gesicht hinter Glas. Sie wählte das Glas.

„Ich bin Detective North von der Polizeidirektion Kansas City, Missouri." Sie zeigte der Dame Dienstmarke und Ausweis. „Ich habe einen Termin bei Detective Fred Quire."

„Gern, Detective North. Ich rufe ihn an, damit er Sie abholt." Die Empfangsdame nickte Tru zu und bedeutete ihr, auf einem der Queen-Anne-Stühle Platz zu nehmen, die den Vorraum schmückten.

Tru wartete so geduldig wie möglich und betrachtete ihre Umgebung. Es war verblüffend, in diesem engen Bunker Queen-Anne-Stühle zu finden, einen hellgrauen

Teppichboden und ländliche Szenen in Rahmen aus Walnußholz. Äußerst schwierig, die Hochsicherheitsarchitektur mit der edlen Einrichtung in Übereinstimmung zu bringen. Tru seufzte. Vermutlich war der Innenausstatter ein Freund des verrückten Architekten.

Dann öffnete sich eine Tür, und ein kleiner, gedrungener Mann mittleren Alters kam herein. Er nickte der Empfangsdame zu, und die zeigte auf Tru.

„Hallo", sagte er herzlich. „Ich bin Detective Fred Quire, und Sie sind wohl Ms. North."

„Detective North", sagte Tru, stand auf und streckte die Hand aus.

„Ja, klar. Nun, ich hatte eine ältere Person erwartet."

„Ich werde von Minute zu Minute älter", erwiderte Tru lächelnd.

„Schon gut, kommen Sie mit, dann werden wir sehen, ob wir einander in dieser Sache behilflich sein können."

Er hielt Tru die Tür auf und trottete stumm neben ihr durch den Irrgarten, durch den sie eben gekommen war.

„Ich dachte, Ihre Büros liegen hier", sagte Tru und deutete zurück auf den Empfangsbereich.

„O nein. Das ist die Verwaltung. Sie wollen die Bombenjungs nicht bei sich haben. Sie halten uns für zu laut und zu gefährlich. Außerdem muß man Schreibtischhengst sein, um dort zu arbeiten. Und das hoffe ich nie zu werden."

„Aber die Hinweisschilder...?"

„Dienen nur zur Verwirrung der Massen. Wir sind im Keller untergebracht. Komisch, nicht wahr", kicherte Quire.

Der Lift fuhr abwärts. Als er anhielt, öffneten sich die Türen zu einem Raum mit kleinen Kabinen, grauem Teppichboden, grellen Lichtern und einigen richtigen Büros am anderen Ende.

„Ganz wie zu Hause", knurrte Tru.

„Ja? Man fragt sich, ob die Regierung Schmiergeld von dem Unhold bekommt, der diese Kaninchenkäfige erfunden hat."

„Interessanter Gedanke. Wahrscheinlich ist es ihnen aber völlig egal, weil sie nicht darin arbeiten müssen. Welches ist Ihr Käfig?"

„Der hier. Das ganze Material über den Fall ist da. Ich habe es gestern von einer Sekretärin für Sie kopieren lassen." Quire griff nach dem Ordner auf seinem Schreibtisch. Tru bemerkte, daß in der Kabine schon für ihn kaum Platz war. Sie sah sich fragend um.

„Sie können sich da drüben hinsetzen, wenn Sie wollen. Joe ist heute im Außeneinsatz. Er hat nichts dagegen, wenn Sie sich an seinen Platz setzen. Sie dürfen nur nichts auf seinem Schreibtisch verrücken, da ist er eigen." Quire wies mit dem Kinn auf die Kabine gegenüber.

„Das ist alles, was wir bisher haben. Ziemlich dürftig, abgesehen von dem Autopsiebericht und einigen grafischen Darstellungen, wenn Sie solche Sachen mögen", sagte Tru, nahm einen Ordner aus ihrer Tasche und übergab ihn Quire.

„Danke, genau das, was ich mir für die Kaffeepause gewünscht habe."

„Ja." Tru ließ sich auf Joes Stuhl nieder. „Bis gleich."

Sie blätterte die Berichte durch und kritzelte Bemerkungen an den Rand, wenn sie Einfälle oder Fragen hatte. Wie gut, eine Kopie zu haben. So mußte sie sich nicht auf ihr Gedächtnis oder unzusammenhängende Notizen verlassen, wenn sie wieder in ihrem Büro war.

Das Opfer hieß John Tanner. Er war ein preisgekrönter Bildjournalist gewesen und Besitzer eines Foto- und Rahmengeschäfts in einer der gehobenen hiesigen Einkaufspassagen. Er war sehr gut im Geschäft gewesen, vor der Explosion. Schier unglaublich, daß er überlebt hatte, obwohl Tru sich nicht sicher war, ob man das noch Leben nennen konnte. Ohne radikale plastische Chirurgie würde er sich nie mehr in der Öffentlichkeit zeigen können. Er würde sicher nie wieder fotografieren.

Nach zwanzig Minuten stand sie auf. Sie hatte fürs erste alles Notwendige gelesen und wollte Quire ein paar Fragen stellen. Vielleicht konnte er ihr weiterhelfen. Er war nicht an seinem Schreibtisch. Tru sah sich um, und entschied sich, ihn nicht in dem Wirrwar von Kabinen zu suchen. Das Kellergeschoß war ein großer nüchterner Raum von etwa siebzig mal fünfzig Metern. Sie setzte sich auf Quires Stuhl und wartete.

Während sie wartete, schloß sie die Augen und versuchte, die Atemübungen zu machen, die sie von Selbsthypnosekassetten her kannte, die sie Monate angehört hatte. Das Ergebnis war frustrierend gewesen, und sie ärgerte sich immer noch über den toten Polizeipsychologen, der sie gedrängt hatte, sie zu kaufen.

Offenbar machte sie etwas falsch. Sie konnte sich einfach nicht so entspannen, daß ihr Geist zu Ruhe kam. Sie kniff die Augen vor dem blendenden Licht zusammen und versuchte, sich an den Rhythmus der Musik auf den Kassetten zu erinnern.

Sie stellte die Füße fest auf den Boden und legte die Arme in den Schoß. Sie dachte an die Brise am Meeresufer, an die Bäume in ihrem Rücken, die sich im leichten Wind bewegten, und die Wärme der Sonne, die über dem kühlen Wasser aufging. Sie stellte sich vor, wie die Sonnenstrahlen in sie eindrangen und von ihren Zehen, Beinen, Hüften ein Licht hinauf in den Solarplexus stieg. Es breitete sich in ihrer Brust aus, über die Arme, das Gesicht und stand schließlich direkt auf der Stirn. Sie badete in Erneuerung, Frieden und Sicherheit. Sie wollte sich zentrieren, Verbundenheit fühlen, die Verbundenheit sollte die Verletzungen in ihrem Leben heilen. Sie brauchte Heilung, sie mußte sich Zeit geben, zu fühlen und wieder ganz zu werden. Sie gab sich die Erlaubnis zum Beginn des Heilungsprozesses.

„Schlafen im Dienst, Detective?" dröhnte eine Stimme von oben herab in ihr Bewußtsein.

Tru schrak zusammen. Sie schoß vom Stuhl hoch, wurde rot und begegnete verlegen Detective Quires Augen. „Bei jeder Gelegenheit."

„Ich auch." Quire zwinkerte ihr zu. „Wie wär's mit einer Tasse Kaffee im Lokal gegenüber und einem kleinen Palaver über die Kerle, die da in die Luft gepustet wurden?"

„Guter Vorschlag."

Tru holte ihre Mappe aus Joes Büro und folgte Quire zum Aufzug.

Das Café war im Stil der fünfziger Jahre eingerichtet und wirkte neben den rauchglasverkleideten Fassaden des Gerichtsviertels ein wenig deplaziert. Aber es war gemütlich und hatte vernünftige Preise. Eine müde aussehende Kellnerin begrüßte sie. Quire und Tru waren die einzigen Gäste. Tru gefiel es, es war ruhig und eine Erholung vom Kellergeschoß.

Die Kellnerin brachte Kaffee und fabrizierte ein paar Sprüche. Quire war hier offenbar Stammgast.

„Sie zeigen mir, was Sie haben, ich zeige Ihnen, was ich habe", sagte Tru, in ihrem Kaffee rührend.

„Wie bitte?"

„Erzählen Sie mir über Tanner, was ich im Bericht noch nicht gelesen habe, und ich erzähle Ihnen von Southwick. Okay?"

„Oh, verstehe. Nun, um es gleich zu sagen, der Mann scheint keine Feinde gehabt zu haben –"

„Außer einem Kerl, der stocksauer auf ihn war."

„Ja, aber wir wissen nicht, ob die Person, die es getan hat, ein Mann war."

„Stimmt. Und wie viele Frauen kennen Sie, die mit explosivem Material umgehen können?" gab Tru zurück.

„Schon gut, aber es gibt viele Ex-Polizisten, Ex-Polizistinnen und Militärangehörige, die es können. Auch wenn es normalerweise anders verwendet wurde."

Tru blickte Quire über den Rand ihrer Tasse an. „Und auch heute noch wird. Aber abgesehen davon ist es nicht gerade das, was Frauen tun, nicht die typische Waffe einer Frau. Ich glaube, wir können Frauen ausschließen und damit den Kreis einschränken. Meinen Sie nicht auch?"

„Wahrscheinlich haben Sie recht. Diesem Tanner gehört ein nettes kleines Geschäft in der Packard-Passage. Er hat vor ein paar Jahren für seine Naturaufnahmen und für eine Reportage über die Feuerwehrmänner von Colorado einige Preise gewonnen. Geschieden, zwei erwachsene Söhne, keine Geldprobleme, keine Frauengeschichten. Der Mann ist völlig sauber. Es ging ihm gut, bis zu dem Tag, als das Paket ihm das Gesicht wegpustete. Nichts Auffälliges."

„Das ist nicht viel. Eigentlich ist es gar nichts."

„Ich weiß, aber es ist alles, was wir haben, abgesehen

von den Resten der Verpackung und den Laborberichten."
„Geben die etwas her?"
„Es war Plastik. Kleines Teil mit großer Wirkung. Selbstgebasteltes Zeug, eigentlich ungeeignet zum Mischen. Dann das Kästchen. Eine gute Arbeit, bevor es in Stücke ging. Ziemlich teuer, nehme ich an. Aber warum kauft jemand etwas Teures, um es dann in die Luft zu jagen? Ich weiß es nicht. Die Bombe selbst war von ziemlich einfacher Bauart und ganz zweckmäßig. Sie haben die Fotos gesehen. Es war noch ziemlich viel von ihr übrig. Einfacher Auslösemechanismus. Nur öffnen und wumm!" Quire streute noch mal Zucker in seinen auskühlenden Kaffee.
„Unsere war ähnlich. Das Kästchen war anders. Man könnte es wohl als kostbar bezeichnen. Ihre Bombe hat verstümmelt, unsere hat getötet. Vielleicht war es einfach nur Glücksache? Wenn man hier überhaupt von Glück sprechen kann."
„Und Ihr Mann, was war das für einer?"
„Da gibt es nicht viel zu sagen. Southwick war Maler. Er arbeitete hauptsächlich mit Ölfarben, machte aber auch Tuschzeichnungen. Er war so etwas wie eine lokale Berühmtheit. Einige seiner Arbeiten hängen in verschiedenen Banken, Kunstgalerien und Firmen der Stadt; leidlich erfolgreich, aber nicht so, daß er Grund hatte, jubelnd zur Bank zu rennen. Keine Feinde. Viele Freunde und ein paar verstreute Geliebte. Er wurde, soviel wir wissen, von niemand bedroht. Der Attentäter war offenbar sein einziges Problem."
„Genau die Spuren, die unser Lieutenant als zweitrangig betrachtet. Sie bringen nichts, und unser Mann redet nicht. Und wird auch künftig nicht reden. Durch die Ex-

plosion sind die Nerven im Gehirn durchtrennt. Gar nicht so schlecht. Wenn ich wüßte, mir wurde das Gesicht wegrasiert, wäre ich auch lieber im Land des Vergessens."

„Guter Gedanke. Schön, daß Sie ihn mitgeteilt haben, Quire."

„Gern geschehen."

Vor ihrem inneren Auge formten sich plötzlich lebhafte Bilder. Tru blickte auf das Blätterteigstückchen auf ihrem Teller und schob ihn zur Seite. Sie vermochte die Bilder nicht zu verscheuchen.

„Ihr Lieutenant hat den Fall auf Eis gelegt. Und ich dachte, eine reiche kleine Stadt wie diese würde nach Rache dürsten."

„Das würde sie auch, wenn es sich um den Sprößling einer wohlsituierten Familie handeln würde oder um eine Lokalgröße. War er aber nicht. Nur ein ganz normaler Bürger. Die Leute haben sich den Gedanken zu eigen gemacht, daß es sich hier einfach um eines dieser zufälligen und sinnlosen Ereignisse handelt. Damit können sie leben und sich sicher fühlen. So sicher man sich mit Zufall und Sinnlosigkeit eben fühlen kann."

„Und was halten Sie davon?"

„Keine andere Wahl. Wir haben eine Menge anderer Dinge zu tun. Der Fall ist über ein Jahr alt, viel Gras darüber, keine Spuren oder Vermutungen. Wir haben uns größeren Sachen zugewandt, ob besser oder leichter zu lösen oder nicht. Ich vermute, daß wir diesen Fall ausnahmsweise in ein bis zwei Jahren ganz ablegen."

„Und warum die Ausnahme?"

„Keiner kann mit dem Fall etwas anfangen. Ein plötzliches Aufleuchten auf dem Bildschim, sonst nichts. Es fällt uns nichts mehr dazu sein."

„Keine schöne Art zu arbeiten.“

„Sie wollen mir doch nicht weismachen, daß ihr es nicht ganz genau so macht.“

„Klar. Aber ist es nicht von Bedeutung, daß auch wir einen Bombenanschlag hatten?“

„Könnte schon sein. Welche Verbindung sehen Sie denn?“ Quire winkte der Bedienung und ließ die Tassen auffüllen.

„Keine Ahnung. Beide Kistchen, die explodierten, sahen hübsch aus und waren gut gearbeitet.“ Tru suchte nach weiteren zusammenpassenden Fakten.

„Das ist ziemlich dünn.“

„Richtig, stimmt. Hübsche Kästchen und Künstler. Könnte das etwas hergeben?“

„Klingt ziemlich wackelig. Haben Sie je gehört, daß Künstler sich mit anderem als wortgewaltigen Beleidigungen bekämpft haben?“

„Ich kenne keine Künstler.“

„Darum geht es nicht. Überlegen Sie. Sie sind verweichlichte, saft- und kraftlose Tunten. Ob Jungen oder Mädchen. Nicht Leute wie Sie und ich. Wir knabbern zum Frühstück an Fingernägeln und toten Tieren. Sie sind sensibel. Die meisten von ihnen hungern nach Anerkennung und im Wortsinn, weil sie keine echten Jobs kriegen.“

„Das ist ein bißchen hart.“

„Mag sein“, sagte Quire und rutschte auf dem Sessel. „Es mag hart sein, aber wenn es auch nicht die ganze Wahrheit trifft, ist es doch nahe dran. Nichts dagegen einzuwenden, sie leben ein anderes Leben, eins, in dem keine verrückten Bombenleger vorkommen.“

„Diese beiden hatten aber in ihrem Leben einen Bombenleger.“

„Richtig. Aber der oder die müssen von außen in ihr Leben gekommen sein. Sie waren Zufallsopfer. Vielleicht handelt es sich bei Ihrem Fall um einen Nachahmungstäter. Wir haben hier nur einen halb geköpften Fotografen. Hatte Ihr Paket einen Absender oder einen lesbaren Poststempel?"

„Nein, zumindest haben wir in der Sauerei, die übrig blieb, nichts gefunden."

„Wir auch nicht. Die Fälle liegen räumlich und zeitlich weit auseinander. Es gibt keine Verbindung und keine Hoffnung auf Verbindung. Deshalb frage ich mich, was Ihre Abteilung im Schilde führt." Quire beugte sich über seinen Kaffee wie ein Raubvogel und starrte Tru in die Augen.

„Ich weiß es nicht. Der Versuch, diesen Fall zu lösen, scheint mir schwierig." Tru seufzte und trank einen Schluck Kaffee.

„Gehen Sie nach Hause oder in Ihr Büro zurück und sagen Sie Ihrem Vorgesetzten, er möge Ihnen eine Arbeit geben, die ein bißchen erfolgversprechender ist. Das hier ist eine Sackgasse. Ich weiß, wovon ich rede. In dreißig Dienstjahren habe ich eine Menge davon gesehen."

„Sie, ein alter Hase?"

„Ja, ein alter Hase. Fünfzig plus und wenn ich damals, als ich in Ihrem jugendlichen Alter war, gespart hätte, wie ich es hätte tun sollen, würde ich im nächsten Jahr Leine ziehen. Aber nein. Ich habe versucht, mit Aktien schnelles Geld zu machen, und mußte schließlich für die falsche Art Erfahrung viel bezahlen." Quire zuckte mit den Schultern und legte seinen Arm über die Sessellehne. Als er sich zurücklehnte und gähnte, berührte sein kleiner Spitzbauch den Tisch.

„Ich will versuchen, es besser zu machen“, versicherte Tru. Sie lächelte ihn an und überlegte, ob Kriminalbeamte ab einem bestimmten Alter grundsätzlich zu Philosophen werden. Sie hoffte es nicht.

„Gut, ich muß zurück in mein Verließ und Sie in das Ihre. Holen Sie sich einen richtigen Fall und haben Sie Spaß daran. Sie sehen nicht aus, als hätten Sie ausreichend Spaß. Ein junges Ding wie Sie sollte mehr davon haben.“ Beim Hinausgehen boxte ihr Quire zärtlich gegen die Schulter.

„Ich dachte, damit hätten Sie Ihr Geld verloren“, protestierte Tru.

„Stimmt. Aber habe ich nicht erwähnt, daß die Erfahrung jeden einzelnen Dollar wert war?“

„Höre ich richtig?“

„Ich glaube, das sollten Sie. Ich liebe meinen Beruf. Was nicht heißt, daß ich nicht gern etwas anderes tun würde.“ Quire winkte ihr zu und schlenderte davon.

Es war einfach unmöglich, Quire zu sagen, daß sie diesen gemeinen Fall von einem ebenso gemeinen Vorgesetzten bekommen hatte. Er hätte Verständnis gezeigt, aber Mitleid von einem Fremden war armselige Kost. Sie brauchte einen neuen, frischen Blickwinkel auf den Fall. Sie hatte nun mal keinen anderen, und ihre Karriere hing davon ab. Sie würde sich gründlich damit befassen müssen.

# 6

Tru fuhr in die Stadt zurück. Ihre Mappe quoll über mit den Kopien der zwei Bombenberichte. Sie versuchte, sich zu konzentrieren, weil der Verkehr auf dem Highway am frühen Nachmittag genau so gefährlich war wie der morgendliche Berufsverkehr. Entweder Fahren oder die Bomben. Sie mußte wählen. Irritiert fuhr sie nahe der Landesgrenze ab und auf langsamen Nebenstrecken zurück in die Stadt. Die Wartezeiten an den Ampeln gestatten ihr, die wenigen kostbaren Einzelheiten des Falls hin und her zu wälzen. Tru versenkte sich minutenlang vergnügt in die Probleme der Bombengeschichte.

Als sie wieder zu sich kam, fand sie sich zu ihrer Überraschung in der Nähe des Landing Cafés, einem ihrer Lieblingsrestaurants. Rhonn hatte gesagt, sie solle alle zwei Wochen berichten. Sie war entschlossen, sich an die Anweisung zu halten und nicht gleich wieder ins Büro zu hetzen.

Sie sah auf die Uhr. Die meisten Mittagsgäste hatten das Restaurant wohl schon verlassen. Sie fuhr einen neutralen Dienstwagen, der aber nicht unauffälliger war als die Autos anderer Kriminalpolizisten. Wo sollte sie ihn verstecken? Ihr fiel der Lebensmittelladen im nächsten Block ein, sie kurvte geschickt auf den Parkplatz dahinter.

Sie würde etwas essen und in der angenehmen Atmosphäre auch ein wenig arbeiten können. Der Grill war noch in vollem Einsatz, und die Drinks, die vom Tisch geräumt wurden, waren alkoholfrei. Das Landmark Café war tagsüber vor allem für sein gutes Essen bekannt und nachts für sein Nachtleben. Die Tagesgäste kamen sich verwegen vor, weil sie einen Frauenclub besuchten. Tru stellte sich vor, wie in einer dunklen Ecke ein Zwerg lauerte, der sich nach Einbruch der Dunkelheit zeigte und mit ihm die wohlhabenden Lesben der Stadt.

Eine Hostess in schwarzer Satinhose, weißem Hemd und adretter Fliege begleitete sie zu einer gemütlichen Ecke. Dann erschien eine Kellnerin und fragte, was sie trinken wollte: Eistee. Der Duft von frischem Brot und brutzelndem Braten wehte durch das Lokal. Auf der Tanzfläche waren eine erleuchtete Salatbar und Abstelltische aufgebaut.

Während sie wartete, warf Tru einen Blick auf die Speisekarte und entschied sich für das Spezialsandwich mit Salat. Danach betrachtete sie in aller Ruhe die Szene und hoffte, kein bekanntes Gesicht zu sehen. Zufrieden, daß sie sicher war oder an einem wunderbaren Anfall von Amnesie litt, lehnte sie sich zurück und wühlte in ihrer Mappe nach den Berichten.

Die Kellnerin erschien und nahm ihre Bestellung auf. Während sie sich über die Fotos beugte, um zu studieren, was von den Menschen und den Bomben übriggeblieben war, gestattete sich Tru eine ihrer täglichen zehn Zigaretten. Sie versuchte, sich in jeder Hinsicht zu mäßigen. Nach der Trennung von Eleanor hatte sie zuviel getrunken und geraucht. Es tat ihr nicht gut, und sie würde sich nicht umbringen, nur um Eindruck zu machen. Jetzt nicht mehr.

Nach einiger Zeit blickte Tru auf, weil sie dachte, ihr Essen käme. Aber die Hostess begleitete nur eine Frau zu einem Tisch. Trus Augen konnten sich vom starken Licht der Lampe auf ihren Papieren nicht so schnell umstellen. Sie nickte in die vermutete Richtung der Hostess und des Gastes, damit es nicht aussah, als würde sie hinstarren. Sie gingen wortlos an ihr vorbei, und dann kam auch ihr Sandwich.

***

Marki sah, wie Tru an ihrem Tisch Papiere und Akten studierte. Sie konnte ihr Glück nicht fassen. Beinahe wäre sie ins Büro zurückgegangen. Welcher Engel hatte sie hier an ihrem Mineralwasser nippend festgehalten, bis diese Frau kam? Tru hatte sie im gedämpften Licht nicht gesehen. Das Glück hatte ihr gelächelt, als die Hostess Tru direkt ihr gegenüber plaziert hatte. Marki beobachtete, wie sich auf Trus Gesicht intensive Konzentration ausbreitete und ihre Stirn sich in Falten legte. Sie schien vollkommen in ihre Arbeit versunken. Marki konnte die Augen nicht von ihr wenden. Faszinierend, dachte sie. Dies schien eine ganz andere zu sein als die, die sie letzte Woche gesehen, berührt und erregt hatte. Dies war eine, die ihre Arbeit oder was immer vor ihr lag, ernst nahm.

Marki überlegte, womit sie ihren Lebensunterhalt verdiente. Vielleicht Vertreterin, die ihre Buchführung machte, Beamtin oder Studentin; einen verrückten Moment lang dachte Marki sogar: Mitarbeiterin des Geheimdiensts. Was immer sie war, im Augenblick sah Marki sie in keiner anderen Gefahr als der, ihre Arbeit, über die sie sich so eifrig beugte, mit Tee zu bekleckern.

Marki folgte jeder Handbewegung Trus, doch die verrieten nichts. Auch Trus Kleidung half Marki nicht weiter.

Die Jacke war gut geschnitten und paßte zur Hose. Die pastellfarbene Bluse stand am Hals offen und ließ eine dünne goldene Kette sehen. Ihr Haar war gut geschnitten, hin und wieder fiel eine Strähne ins Gesicht und störte sie bei der Arbeit. Sie machte einen sanften Eindruck. Diese neuen Seiten gefielen Marki.

Marki war fasziniert von der Art, mit der Tru geistesabwesend sich immer wieder mit ruhiger bestimmter Bewegung das Haar aus dem Gesicht strich. Sie steht ihr, dachte Marki. Diese Frau strahlte Gelassenheit aus, aber auch den heimlichen Kummer, von dem sie George erzählt hatte.

Es gab da einige Widersprüche. Als Psychologin fragte sich Marki, ob die unterschiedlichen Signale Zeichen einer instabilen Persönlichkeit oder einer instabilen Lebenssituation waren. Instabil. Marki lachte bei dem Gedanken in sich hinein, wie viele ihrer Kolleginnen und Kollegen sie als instabil bezeichnen würden, wenn sie wüßten, daß sie, in Erinnerung an ihre Collegetage, gelegentlich in einer Frauenbar als Rausschmeißerin arbeitete.

Instabil? Vielleicht. Eins ist sicher, dachte Marki, Tru ist eine aufregende Frau. Die erste Frau seit langem, die mich ablenkt von der gnadenlosen Konkurrenz der Universität. Instabil? Hoffentlich nicht. Studentinnen im Abschlußsemester waren instabil. Sie war ständig von ihnen umgeben. Alle verrückt vor Sorgen über Noten und die richtige Art, vor den Professoren zu katzbuckeln, ihnen zu schmeicheln. Es gab auch ein paar wirklich psychotische Kandidatinnen. Einigen gelang es immer, in den Fachbereich Psychologie zu kommen und dort zu bleiben. Noch seltsamer waren die Fans des Fachbereichs aus anderen Fakultäten, die kamen, weil sie hofften, etwas zu lernen, mit dem sie sich heilen oder verfluchen konnten. Am schlimmsten waren die Jurastudierenden. Sie prüften alle Bewegungen und Gesten ganz genau, um sie gegebenenfalls in einer künftigen Gerichtsverhandlung gegen die Konkurrenz einsetzen zu können.

Professorin, das wäre allerdings auch ungünstig. Sie hatte das mit Marleen durchgemacht. Ihrer beider Karrieren hatten sich endgültig getrennt, als Marki der Fakultätsvorsitz an der Universität von Missouri in Kansas City angeboten wurde. Unter Tränen und Anschuldigungen war Marleen in San Jose zurückgeblieben. Der Wunsch nach akademischem Aufstieg hatte Marki nach Missouri gebracht. Beruflich war es eine prima Entscheidung gewesen, privat nicht eben die beste, die sie je getroffen hatte.

Marki beobachtete Tru und hoffte, daß sie mehr war als eine interessante Person, die vor ein paar Nächten ihr in die Arme gefallen war. Tru machte den Eindruck, als habe sie einen realen Beruf in der realen Welt außerhalb der Universität, zu der Marki den Kontakt verloren hatte. Markis Welt bestand aus der Beurteilung von Artikeln für Fachzeitschriften, aus schiedsrichterlichen Aufgaben bei konkurrierendem Lehrpersonal oder dem Abwehren sich anschleimender Examenskandidatinnen und -kandidaten.

Instabil hin oder her, Tru sah aus, als würde sie in der realen Welt bestehen können. Zumindest solange sie das Leben nicht allzu oft in die Knie zwang.

Marki wußte, daß sie die Situation an jenem Abend ausgenutzt hatte. Sie wußte nicht, welche Umstände Tru in ihre Arme geworfen hatten, aber sie hatte sie verlockt, erregt und in ihr das aktiv verführende Verhalten zum Vorschein gebracht, zu dem sie manchmal neigte.

Tru hatte Markis vernachlässigte Begierde tief getroffen. Marki kannte diese Erfahrung und sehnte sich nach mehr. Sie überlegte, wie sie sich der Frau, die ihr gegenübersaß, nähern sollte. Sie wollte der echten Tru begegnen, sie erkennen, sich von ihr erkennen lassen. Es muß einen Weg geben, machte sie sich Mut. Es muß einen Weg geben, der Tru nicht ängstigt, in Abwehrstellung oder wieder dazu bringt, durch den nächsten Ausgang davonzulaufen. „Ich will dich kennen, haben, halten", flüsterte sie. „Ich möchte dich wiederhaben."

***

Er war voller Haß. Etwas anderes fühlte er nicht mehr. Haß und Kontrollzwang. Er hatte sich unter Kontrolle, es gab niemanden, der ihn aufhalten würde. Sie waren dumm. Er konnte sie sehen, sie ihn nicht.

Er fühlte die Macht durch seine Finger rinnen und die Arme hinauf. Sie kribbelte in seinen Schultern und vibrierte im Kopf. Das war das Beste daran. Das machte sie real.

Die Bandsäge sang, als er das Holz an ihren Zähnen entlangführte. Er liebte es, Holz anzufassen, dieses warme, lebendige Gefühl, die Wachstumsringe, von denen es durchzogen war. Früher war Holz sein größtes Vergnügen gewesen. Im letzten Jahr aber war es ihm einfach zu einem Instrument geworden, mit dem er seinen Haß stillen konnte. Der Bandschleifer glättete die unfertigen Kanten und machte die rauhe Oberfläche glatt und seidig.

Er würde sich Zeit lassen. Zeit war alles, was er hatte. Es gab draußen viele Schweinehunde, und sie liefen ihm nicht weg. Sie wußten nicht, daß er hinter ihnen her war. Einer nach dem anderen kamen sie dran. Alles Lebendige war Jäger oder Beute. Er wußte, daß er dazu beitrug, das

Universum im Gleichgewicht zu halten. Er war Teil eines größeren Plans. Er konnte sie abschießen wie ahnungslos grasende Tiere. Sie würden einander nicht vermissen, wenn er sie nacheinander tötete. Sie würden nichts wissen. Der Gedanke machte ihn traurig.

Sie würden nicht wissen, was geschah und warum. Er war so schlau, daß sie die wirkliche Größe seines Genies nie erkennen würden. Er ergab sich in sein Schicksal. Als Künstler teilte er das Los des Künstlers, nicht anerkannt, nicht geschätzt zu werden, allein zu sein. Es war eine Last, die er schultern, ein Kreuz, das er tragen würde. Er würde es um der Kunst willen tun und für Marie. Für Marie würde er jede Last tragen.

# 7

Bis Donnerstagabend verbrachte Tru ihre Zeit damit, im Regierungsgebäude mit den Vertretern des FBI herumzufeilschen. Das war frustrierend, sinnlos und überflüssig, wie der Besuch bei Detective Quire. Der einzige Unterschied bestand darin, daß ihr Quires sarkastische Art gefallen hatte. Beim FBI stieß sie vor allem auf Arroganz und Blasiertheit.

Um die örtliche Polizei bei ihrer Arbeit an den beiden Bombenanschlägen zu unterstützen, hatte das FBI die technischen Untersuchungen durchgeführt. Die Tatsache, daß beide Päckchen mit der Post geschickt worden waren, hatte FBI und Finanzministerium auf den Plan gerufen. Beide Ämter hatten eine Analyse durchgeführt. FBI und Finanzministerium hatten sich über Fragen der Zuständigkeit gestritten. Schließlich schritt das Justizministerium ein und bestand auf Zusammenarbeit. Tru gegenüber verhielten sich die Bundesbeamten, als schmerzte dieser Tadel sie immer noch.

Sie führten Tru entgegenkommend, doch mit herablassender Autorität in die Laborberichte von den Überresten der Explosionen ein. Sie waren nicht daran interessiert, die Fälle weiter zu verfolgen. Die Opfer waren nicht miteinander verwandt, auch sonst gab es keine Beziehung zwischen ihnen. Die selbstgebastelten Plastikbomben und der angerichtete Schaden waren die einzige Verbindung.

Der Hoffnungsschimmer, den Tru beim Betreten ihrer Labors empfunden hatte, war schnell verblaßt. Die Regierungsbeamten waren so nett gewesen, ihr Kopien der Laborberichte und der Fotos zu überlassen. Nun war sie damit allein. Die Verschlüsse ihrer Mappe hielten dem Druck der vielen neuen Dokumente beinahe nicht stand. Auch Tru hatte Mühe, standzuhalten. Als sie das Gebäude verließ, nahm man ihr den Besucherausweis ab und winkte sie hinaus in den dunkelnden Märzhimmel.

Tru fuhr auf dem Broadway nach Süden und spürte, daß etwas in ihr nagte. Nichts fühlte sich richtig an. Sie konnte kein Gefühl für die Opfer entwickeln, für den Attentäter oder für das, was sie verbinden mochte. Sie bewegte sich ziellos zwischen vielen technischen Details und den Tips selbsternannter Experten. Nicht, daß sie deren Meinung nicht vertraute. Es gab keine Meinung, nur Fakten. Kalte, harte, leblose Fakten, die ihre Mappe und ihren Geist mit vielen Einzelheiten aufblähten.

An einer Ampel öffnete sie die Mappe. Die Schnalle sprang mit einer kleinen Explosion auf, und die Papiere rutschten auf der Beifahrerseite zu Boden. Tru griff nach der Mappe, und der Rest fiel auch noch heraus. Sie gab resigniert auf. Am Boden der Mappe fühlte sie einen Schlüssel. Sie hatte den Schlüssel zu Donald Southwicks Haus gestern abend in der Polizeidirektion im Stadtzentrum geklaut. Aus einer Laune heraus. Jetzt, wo sie sich an nichts und niemandem orientieren konnte, schien es ihr der beste, wenn nicht der einzige Weg.

Donald Southwick war vor zwei Jahren, kurz nach dem Tod seiner Mutter, in sein Elternhaus am Ward Parkway gezogen. Er kam aus dem bohèmehafteren Stadtteil West Port, wo er eine Galerie besessen hatte. Sein

Vater war vor zwölf Jahren gestorben, hatte aber vorher im Glückwunschkartengeschäft und mit verdächtig erfolgreichen Wertpapieren ein Vermögen gemacht. Southwicks Haus war typisch für den Ward Parkway. Neo-Tudor-Stil, ausgedehnte Rasenflächen, Wagenpark und Gästetrakt, hübsche Hecken hinter dem Haus und eine Neigung zu englischem Gartenkitsch. Die breite, geschwungene Auffahrt war durch Bäume, Büsche und sauber angelegte Blumenbeete von der Straße abgeschirmt.

Tru betrachtete das zinnenbewehrte verschachtelte Dach, die Schlafzimmerfenster mit den Balkonen, die dunkle Eingangstür. Das Anwesen sah gewaltig aus, was ihr bereits aus den Beschreibungen der Kollegen aus der Abteilung für Bombenattentate bekannt war. Die hatten schon vor Monaten das Grundstück, alle Räume und Kammern, das Gästehaus, jede Schublade durchsucht. Ein überaus toter Southwick in seiner Bibliothek war das einzige von Bedeutung, das sie gefunden hatten.

Wenn Southwick einen letzten Gedanken gehabt hatte, stellte Tru sich vor, dann wohl den tiefer Enttäuschung, daß er nie wieder auf den gepflegten Garten hinausschauen, nie wieder mit dem Rücken zum Rundbogenfenster des Erkers sitzen und sich die Sonne auf die Schultern scheinen lassen, nie wieder in einer kalten Nacht vor dem Kamin stehen und dem lautlos fallenden Schnee zusehen konnte. Vielleicht wußte er durchaus, was er hatte. Er hatte es einfach nicht sehr lange.

Tru saß in ihrem Wagen und spielte gedankenverloren mit der Kette am Schlüssel zu Southwicks Haus. Das Haus war seit Monaten versiegelt. Sie sollte hineingehen, aber sie zögerte, etwas zu betreten, das einem Mausoleum glich. Sie war nicht abergläubisch, fürchtete sich auch nicht vor der Dunkelheit, sie glaubte nicht an Gespenster, die nachts herumpoltern. Zu den Gespenstern, die nachts herumpoltern, gehörten allerdings auch Verbrechertypen, und dieser potentiellen Gefahr war sie sich sehr wohl bewußt. Sie riß sich zusammen und stieg aus.

Mit Hilfe der Taschenlampe fand Tru das Schlüsselloch, drehte den Schlüssel herum und öffnete. Das Geräusch der hinter ihr ins Schloß fallenden Tür dröhnte in der marmornen Eingangshalle wie ein Schuß. Sie konnte nichts dagegen machen. Aber nun war sie drin und entschlossen, ihre Hausdurchsuchung durchzuziehen.

Sie tastete nach den Lichtschaltern am glas- und holzgefaßten Eingang. Sie machte die Lampen an, aber das Licht war so grell, daß sie es wieder löschte. Sie hoffte, daß sich Southwicks Nachbarn so wenig um die Angelegenheiten anderer scherten wie die Nachbarn in ihrem Mietshaus. Sie überlegte, wie groß diese Chance war in einer Gegend, in der den wirklich netten Leuten nie etwas Böses passierte.

Als sie sah, daß die Bibliothekstür offenstand, schaltete sie die Taschenlampe aus. Ein dreiviertelvoller Mond schickte helle Strahlen durch die Süd- und Westfenster auf die Wände. Tru schob die großen Schiebetüren zusammen. Sie ging langsam und vorsichtig, um nicht gegen ein Möbelstück zu stoßen oder über die Ränder des großen Orientteppichs zu stolpern. Bei den Fenstern angelangt, zog Tru die schweren Brokatvorhänge zu. Als sie den letzten geschlossen hatte, versank der Raum in Finsternis. Außer ihrem Atem war nichts zu hören. Sie knipste die Taschenlampe an und fand eine Lampe neben einem Stuhl und eine auf dem Schreibtisch, an dem Donald Southwick seinen letzten Atemzug getan hatte. Die Taschenlampe verringerte das Risiko, die Aufmerksamkeit der Nachbarn zu erregen oder mit schießfreudigen privaten Sicherheitskräften, die die Häuser des Ward Parkway bewachten, zusammenzutreffen.

Der Raum war kühl, es roch nach einem Putzmittel. Der klebrig süßliche Geruch von Blut und Gehirnmasse war vom Reinigungstrupp entfernt worden. Verwandte hatten ihn beauftragt, unmittelbar nachdem die Polizei das Haus freigegeben hatte.

Drei Viertel der Wände war mit Bücherregalen aus Walnußholz bedeckt, die bis einen Meter unter die Decke reichten. Über den Regalen war noch Platz für Tierköpfe mit glasigen Augen und Fische, die auf lackierte Tafeln montiert waren. Tru starrte angeekelt auf diese männlichen Insignien. Die kunstvoll gebundenen Bücher dagegen zogen ihren Blick an. Drei-, fünf und siebenbündige Buchrücken, Einbände aus schwarzem, weinrotem, blutrotem oder grauem Leder.

Tru betrachtete neidvoll die Sammlung schöner Stücke und die kunstvollen Einbände. Sie griff nach einem Buch vom zweiten Regalbrett. Es war der erste Band einer zehnteiligen Reihe über Mythen und Kultgegenstände. Das Leder lag warm in ihrer Hand, sie schlug das Buch auf. Es hatte marmorierte Deckblätter. Zu ihrer Überraschung zerbröselte das Papier unter ihren Fingern. Tru stellte das Buch zurück, ging die Regale entlang und prüfte ein Buch nach dem anderen. Überall das gleiche.

„Mr. Southwick“, sagte Tru leise in den Raum, ihre Stimme klang ungläubig. „Sie hatten diese wunderbare Bibliothek, eines Königs würdig. Aber sie war nur Teil der Dekoration. Eindrucksvolle Bücher, ungeöffnet, unbenutzt, eine Täuschung. Schande über Sie.“

Tru ging zum Schreibtisch zurück, an dem Southwick sein Ende gefunden hatte. Er war ein wunderbares Stück gewesen. Früher. Nun war er genau so tödlich getroffen wie Southwick, von tiefen Schrammen gezeichnet und die Oberfläche aus poliertem Mahagoni zerstört. Der Schreibtischsessel fehlte. Tru nahm an, daß der Schlag, der Southwick zerstörte, durch Blut und Knochensplitter auch den Stoff zerstört hatte. Der Sessel war höchstwahrscheinlich von der Reinigungsfirma entfernt und auf den Abfall geworfen worden.

Tru untersuchte den unabgeschlossenen Schreibtisch und zog eine Schublade nach der anderen heraus. Rechnungen, Briefe, Notizen, Aufzeichnungen über künftige Projekte, in der mittleren Schublade ein Durcheinander von Stiften, Klammern und Gummibändern. Nichts Besonderes. Auch die Briefe von Freunden lieferten keine Erkenntnisse über den verstorbenen Southwick. Die Bibliothek bot nichts Interessantes. Er lebte hier nicht. Sie wurde nach dem Essen, beim Drink hergezeigt, gelegentlich gab es einen Abend am Kamin, vielleicht auch mal eine Verführung. Dekoration, nichts weiter.

Tru wanderte durch die verschiedenen Räume des Hauses. Donalds Schlafzimmer machte wie alles andere den Eindruck gediegenen Reichtums. Es erzählte noch weniger über ihn als die Bibliothek. Tru begann sich zu fragen, warum er es in seinen letzten beiden Lebensjahren nicht geschafft hatte, diesem Haus seinen persönlichen Stempel aufzudrücken.

Der Mann war Künstler gewesen, und sie fand überraschenderweise nichts, das auf das Leben oder den Geist eines Künstlers hingewiesen hätte. Sie erwartete den Geruch von Ölfarben, Tuscheflecke, das Gefühl von Kreativität. Das Haus strotzte vor gutem Geschmack, war stilsicher eingerichtet, aber es hätte ebenso irgendeinem wohlhabenden Geschäftsmann gehören können. Wie hatte aus dieser Langeweile Kunst entstehen können?

„Zu viele alte Filme gesehen oder zu viele Stereotypen in meinem Kopf“, sagte Tru laut zum leeren Haus.

Enttäuscht ging sie durch die chromglänzende Küche und durch den Hintereingang nach draußen. Am Ende einer kleinen asphaltierten Fläche stand ein ausgebautes Kutschenhaus, von hohen Nadelbäumen überragt. Der Mond beschien einen Teil des Gebäudes und ließ es in scharfen Kontrasten hervortreten. Es sah aus, als existiere nur die eine Hälfte des Hauses, die andere verlor sich im Nirgendwo.

Die Seitentür war nicht abgesperrt. Das beunruhigte Tru, weshalb sie beim Öffnen der Tür ihre Pistole entsicherte. Sie trat über die Schwelle in die Garage und bewegte sich vorsichtig an der Wand entlang. Sie hielt die Taschenlampe vom Körper weg und ließ sie einen Moment lang aufleuchten. Im plötzlichen Lichtschein sah sie einen Mercedes und einen neuen Landrover. Links führte eine breite Treppe in den ersten Stock. Tru untersuchte das Erdgeschoß und das Innere der Autos. Dann ging sie die Treppe hinauf.

Das massive Treppengeländer verdeckte den Raum, bis sie auf der letzten Stufe stand. Der Raum war in Mondlicht getaucht. Tru sah sich um. Als sie rechts an die Wand gelehnt zwei Gestalten sah, setzte ihr Herz aus. Ihre Pistole hob sich, um den Bruchteil einer Sekunde gelang es ihr, sich zu hindern, Löcher in die großen Figuren zu schießen, die auf zwei Leinwände gemalt waren. Sie starrten Tru verwundert im Mondlicht an.

„Mist, Mist, Mist", schnaubte Tru heiser. Ihre Hand zitterte vom Adrenalinschock, als sie versuchte, sie wieder sinken zu lassen. Sie wollte weder sich noch die Abteilung noch einmal blamieren. Das hatte sie bereits durchgemacht.

***

Es war in einem Kaufhaus gewesen. Die herbeigerufenen Polizisten hatten die Verbrecher dort vermutet. Tru ging mit einem Kollegen hinein, ein dritter Polizist deckte sie. Sie war schon fast durchs ganze Kaufhaus, als es passierte. Da stand eine einsame Gestalt, im spiegelnden Licht der Straßenbeleuchtung von draußen kaum erkennbar. Die Gestalt bewegte sich, sie befahl ihr, stehenzubleiben und sich zu ergeben. Ein kurzes Zögern. Dann zog sie ihre Waffe, in dem Moment tat die Gestalt das gleiche. Sie schrie Halt, um nicht getötet zu werden. Doch die Gestalt duckte sich, und sie sah in einen Pistolenlauf. Später erinnerte sie sich nicht mehr daran, abgedrückt zu haben. Sie war in der Klemme und ihr Gegenüber ebenso, das wußte sie. Der Schuß aus ihrer Pistole zerriß die Stille, und die Kugel zerschmetterte den Spiegel.

Die interne Untersuchungskommission informierte sie später, daß sie in hockender Stellung ihrem Spiegelbild direkt zwischen die Augen geschossen hatte. Ihr Angebot, den Spiegel zu bezahlen, hatte der Kaufhausbesitzer höflich und amüsiert abgelehnt.

Die Abteilung gab ihr zwei Tage unbezahlten Urlaub und schickte sie noch mal zur Schießausbildung.

***

Eine Wiederholung des Vorfalls würde ihr mehr als nur ein paar freie Tage eintragen, vermutete Tru. Der Gedanke, Captain Rhonn mitten in der Sonderbeurteilung zum Fraß vorgeworfen zu werden, trieb ihr kalten Schweiß auf die Stirn.

„Nur keine Aufregung", sagte sie sich und versuchte, ihr Herzrasen zu beruhigen. Sie starrte auf das Gemälde.

Schnell untersuchte Tru den Rest des Stockwerks und überzeugte sich, daß sie allein war. Der Raum war von keiner Wand unterteilt. Die nördliche Decke bestand zur Hälfte aus quadratischen Glasscheiben. Hier war das Atelier, das Tru im Haupthaus gesucht hatte.

Sie dachte nach, erinnerte sich aber nur, daß das Gebäude in den Berichten als Gästehaus bezeichnet worden war. Das stimmte nicht. Tagsüber herrschten hier geradezu ideale Lichtverhältnisse zum Malen. Nachdem Tru die sterile Atmosphäre des Haupthauses gesehen hatte, fühlte sie sich hier erleichtert. In diesem weiten offenen Raum hatte Donald Southwick gearbeitet. Dieser Ort würde ihr Donald näher bringen, egal, ob es ihr etwas nützte oder nicht. Wenn sie hier etwas fand, mußte sie nicht seine Sachen durchschnüffeln. Es würde ihr ein Gefühl für den Mann vermitteln, dessen Mörder sie suchte.

Sie blätterte seine Papiere durch und studierte seine Entwürfe. Sie besah sich die Bilder, die er nicht mehr vollendet hatte, den Stand seiner Verkäufe und die Anfragen nach Werken, die noch im Entstehen waren. Alles war so, wie er es hinterlassen hatte, als er ins Haupthaus ging.

Sie setzte sich an den Computer, rief Dateien auf, wählte aus, fand eine leere Diskette, kopierte das Gewünschte von der Festplatte. Während der Computer surrte und zirpte, rauchte Tru eine Zigarette. Sie inhaltierte tief und fand sich eigenartig erfreut darüber, daß Donald Southwick, versteckt unter geschäftsmäßiger Kühle, doch eine Künstlerseele hatte. Sie existierte. Sie fragte sich, ob diese Seele je ihren Weg aus dem Atelier heraus gefunden hatte.

„Alle haben Geheimnisse und geheime Wünsche", sagte Tru leise zu den gemalten Gestalten, als sie die Treppe hinabstieg.

***

Sie fuhr nach Hause, um das gesammelte Papierchaos zu sortieren. Als sie in ihre Parkbucht einbog, dachte sie sehnsüchtig an das kleine Lokal an der Ecke. Eine innere Stimme wollte sie zu Spare Ribs und kaltem Bier verlocken. Mit aller ihr zur Verfügung stehenden Disziplin mußte sie die Stimme zum Schweigen bringen. Die wurde leiser, maulte aber noch etwas von der Notwendigkeit, Leib und Seele zusammenzuhalten.

Tru sah an den Aufgängen zu den Zwei-Zimmer-Wohnungen der Wohnblocks aus der Nachkriegszeit hinauf. In jedem Gebäude waren fünf Wohnungen. Sie hatte eine davon und zwar im ersten Stock, um es potentiellen Einbrechern nicht zu leicht zu machen. Tru hatte ruhige Nachbarn, worauf sie großen Wert legte.

Tru schloß auf und ging durch die kleine Küche ins Eß-, Wohn- und Arbeitszimmer. Sie warf ihre Mappe auf einen Tisch und wanderte Richtung Schlafzimmer.

Das Wohnzimmer war vom übrigen durch eine niedrige Holzwand getrennt, deren Pfosten bis zur Decke reichten. Das Ganze war ein architektonischer Schnellschuß, wie er nach dem Krieg üblich gewesen war. Vom Wohnzimmer führte eine Glastür auf einen kleinen Balkon mit zwei bequemen Sesseln, einem alten Tisch, den sie auf einem Flohmarkt erstanden hatte, und einem Grill.

Sie hatte Glück gehabt, diese Wohnung zu finden, nachdem sie Eleanor verlassen hatte. Sie mochte ihr Heim. Es war gemütlich und bot genügend Platz, um sich auszubreiten.

Sie hatte nie viele persönliche Sachen um sich gesammelt. Ihre Möbel waren in einer Garage untergestellt, in der Nähe des Hauses, das sie mit Eleanor bewohnt hatte. Das Haus gehörte Eleanor, Tru hatte sich dort immer zu Gast gefühlt. Das Gefühl hatte sich als richtig erwiesen.

Ihre Wohnung war nicht überladen. Manche hätten sie als spartanisch bezeichnet. Tru haßte vollgestopfte Wohnungen und widerstand jeder Versuchung, auch nur ein Stück mehr zu erwerben, als sie wirklich brauchte. Der einzige Luxus, den sie sich leistete, waren ihre Anzüge. Sie hatte einen Hang zu teuren Hosen, Jacken, Blusen, Hemden und Accessoires aus den feineren Geschäften im Zentrum. Vernünftig wie sie war, besaß sie auch ein paar dunkle Röcke. Sie war kleidungsmäßig auf Hochzeiten, Beerdigungen, Gerichtstermine und Ähnliches vorbereitet. Sportliche Hemden, Pullover, Jeans waren der Freizeit vorbehalten.

Sie hatte für ihren Geschmack die richtige Anzahl Möbel und Regale für Kochbücher und psychosoziale Wälzer, genügend Stühle und Arbeitsfläche. Im Wohnzimmer standen die obligatorische Couch mit zwei Sesseln und die Stereoanlage. Auf dem Couchtisch stapelten sich historische Fachzeitschriften, *Bon Appetit* und *Science Americana* zur Entspannung und weil sie sich dafür besonders interessierte.

Tru kam aus dem Schlafzimmer und trug ihre Lieblingsjeans, weit, mit Knopfverschluß, ein sportliches weißes Hemd, einen übergroßen Pullover und Slipper. Sie ignorierte den Computer und den Arbeitstisch, auf dem die Akten warteten, und ging in die Küche. Der Gedanke an Süppchen und Sandwich war zu verlockend. Danach würde sie anfangen zu arbeiten.

Tru saß an ihrem schmalen Eßtisch und blätterte ihre Notizen durch, während sie die Suppe löffelte und ihr Sandwich kaute. Hin und wieder hob sie den Kopf und sah sich unruhig um. Irgend etwas rumorte in ihrem Hinterkopf, sie wußte nicht, was. Ihre Augen wanderten über den Boden, die Wände, die Möbel. Sie runzelte die Stirn und wandte sich wieder ihren Aufzeichnungen zu.

„Was ist bloß?" War jemand an ihrem Fenster vorbeigegangen? Da war niemand. Sie richtete ihre Aufmerksamkeit wieder auf Eß- und Wohnzimmer und fühlte ein Kribbeln im Nacken.

„Oh", sagte sie und nahm ihre Umgebung zum erstenmal wirklich wahr. Sie kicherte unsicher in sich hinein. Die Wohnung war sauber und ordentlich. Die Zimmer waren kahl, schmucklos, sachlich und wirkten eher unbewohnt. Und da fiel ihr ein, daß sie dem toten Southwick vorgeworfen hatte, sein Haus nicht individuell geprägt zu haben. Sie hatte ihm Mangel an Charakter vorgeworfen, dann aber alles zurückgenommen, als sie das Nebengebäude gesehen hatte.

Sie besaß kein Nebengebäude. Die Wohnung war alles, was sie hatte, und alles, was sie besaß, befand sich darin. Aber es gab nichts, das etwas über sie selbst aussagte, außer daß jemand daraus wenig schmeichelhafte Schlüsse über ihren Seelenzustand ziehen konnte.

Es mußte mehr für sie geben, mehr *von* ihr, um ihr

Leben darauf neu zu errichten. Sie wollte nicht glauben, daß sie Eleanor erlaubt hatte, alles mitzunehmen. War es Eleanors Fehler gewesen oder ihrer? Eleanor hatte ihr nicht befohlen, sich gehen zu lassen, sie hätte nicht zu dem werden müssen, was Eleanor wollte, es war nicht nötig gewesen, Verfügbarkeit auf die Spitze zu treiben.

Fragen gingen ihr durch den Kopf. Wer war sie vor sechs Jahren gewesen? Was war aus der Achtundzwanzigjährigen geworden? Wer war sie heute? Wer würde sie einmal sein? Wenn sie ihre Vergangenheit nicht verstand und bejahte, wie konnte sie eine Zukunft haben?

„Ich werde mich wiederfinden, irgendwo", antwortete Tru. „In der Zwischenzeit brauche ich entweder einen Psychoklempner oder einen Drink."

Poupon rieb sich gegen ihre Beine und schnurrte fragend. „Den Drink für mich und vielleicht einen Psychiater zum besseren Verständnis des verrückten Bombenlegers. Das wär's doch, nicht wahr?" Sie trug den Kater für einen kleinen späten Mundvoll in die Küche und fügte hinzu: „Gut, und vielleicht eine Dekorateurin für die Wohnung."

# 8

Die Morgendämmerung brach durch den kühlen Märzhimmel. Tru bewegte sich im Schlaf. Sie träumte den letzten Traum der Nacht, und der handelte von der Arbeit der vergangenen Woche. Angst kam hoch und fesselte sie in den Laken. Eine Frau, in Nebel gehüllt, schritt durch die Tür eines alten Herrenhauses. Es war Southwicks Haus, nur größer. Im Innern war alles mit Spinnweben, Staub und verblaßter grüner Farbe bedeckt. Tru dachte, das ganze Haus müßte neu gestrichen werden. Sie ging auf die verschleierte Frau zu.

Das Telefon auf ihrem Nachttisch gab einen durchdringenden Ton von sich. Tru griff nach dem störenden Apparat. Mühsam brachte sie ein Geräusch zustande

„Tru?“ rief die Stimme am anderen Ende. „Tru, los, Mädchen, wach auf. Kommst du heute zu mir oder nicht?“

„Major?“ fragte Tru.

„Du hast versprochen zu kommen.“

„Wieviel Uhr ist es?“ Tru kämpfte mit den Laken und richtete sich mühsam auf.

„Es ist halb sieben. Anständige Leute sind um diese Zeit wach und tätig.“

„Es ist Sonntag, Major.“

„Ich weiß. Ich bin seit fünf Uhr auf.“

„Major, Sonntag ist der Tag der Ruhe.“ Tru sah aus dem Fenster zum Himmel, wo sich das Morgenrot ausbreitete.

„Nur für die, die es verdient haben. Der Herr hat den Ruhetag nicht für Leute gemacht, die sich während der Woche nicht angestrengt haben."

„Wie kommst du darauf, daß ich nicht genug arbeite?" beklagte sich Tru.

„Hast du einen Verbrecher gefangen?"

„Nein, aber..."

„Na siehst du. Du brauchst keine Entschuldigungen zu suchen. Zieh dich an, frühstücke und komm her. Wir reden darüber, wenn wir was getan haben."

„Verdammtes Frauenzimmer", knurrte Tru und legte den Hörer auf. Major O'Donoghue hatte sich seit ihrer Emeritierung nicht verändert. Tru hatte sie kennengelernt, als sie ihren Abschluß an der Universität in Kansas City machte. Es war Trus letztes Semester und das letzte Unterrichtsjahr O'Donoghues gewesen. Sie bewunderte die alte Frau. Bereits in den Siebzigern, war sie gewitzt, geistig beweglich und eindrucksvoll wie immer.

Ihr Ruf als Reformerin der Polizeiverwaltung war legendär. In den frühen siebziger Jahren hatte sie aus den Zwei-Mann-Streifen motorisierte Einzelstreifen gemacht. Das hatte die Polizeipräsenz in der schnell wachsenden Stadt verdoppelt und der Bevölkerung ein Gefühl der Sicherheit gegeben. Effizienz und Sparsamkeit hatten ihr landesweite Anerkennung verschafft. Dabei ließ sie es nicht bewenden. Sie stellte zwei ehemalige Militärhubschrauberpiloten an, steckte sie in die Grundausbildung der Polizei, kaufte Hubschrauber und richtete fliegende Patrouillen für schnelle Einsätze ein. Die Bürgerinnen und Bürger waren begeistert. O'Donoghues Neuerungen und ihr Mut verschafften ihnen Erleichterung ihrer Angst vor Kriminalität.

Aber sie hatte sich auch Feinde gemacht. Langsam, aber sicher wurden es immer mehr. Sie hatten Geduld. Sie warteten und planten für die Gelegenheit, sie los zu werden. Anfang der achtziger Jahre hielten sie ihre Chance für gekommen: die Kriminalitätsstatistik des FBI. Zwischen den statistischen Daten des FBI und denen der meisten Bundesstaaten gab es kleine Abweichungen. Für das FBI war es schwerer Diebstahl, wenn fünfzig Dollar gestohlen wurden. In Missouri fing schwerer Diebstahl bei zweihundert Dollar an. O'Donoghue hielt sich an die Vorgaben des FBI und nicht an die Regeln von Missouri. Das war durchaus legitim. Zwischen den Vorschriften von Missouri und der Dokumentationsweise des FBI war nur ein kleiner Unterschied. Aber für ihre Feinde war er groß genug, um sie zu stürzen.

Es wurden ihr Dienstverfehlung und Amtsmißbrauch vorgeworfen – eine vorsätzliche Falschinterpretation der Tatsachen –, was in Missouri als schweres Verbrechen galt. Sie wurde ihres Amtes enthoben und von den vorgesetzten Behörden, deren Mehrheit gegen sie war, schließlich vor Gericht gestellt. Vier lange Monate später wurde sie freigesprochen. Die Wahrheit kam zwar ans Licht, aber da war es schon passiert. Sie war im Recht, aber das nützte ihr nichts. Sie kehrte nie mehr in ihre geliebte Abteilung zurück. Mehrere Monate nach Abschluß des Falls wurde sie als Professorin für Kriminologie an die soziologische Fakultät der Universität von Missouri berufen. Diesen Lehrstuhl hatte sie bis zu ihrer Pensionierung inne.

Die beiden hatten sich gesucht und gefunden. Major O'Donoghue mochte Tru wegen ihrer Kühnheit, ihrer schnellen Auffassungsgabe und ihres Interesses an der Polizeiarbeit. Tru mochte O'Donoghue wegen ihrer streitbaren Art, ihres Scharfsinns, der Geschichten aus ihren Polizeitagen und der steten Hilfsbereitschaft, wann immer Tru mit irgend etwas ins Stocken geriet. Die Beziehung, die sich zwischen ihnen entwickelte, beruhte auf gegenseitigem Respekt; sie schloß eine Lücke in beider Leben.

Tru zog eine frische Jeans an, Sweatshirt und Schuhe, dann steckte sie ein paar saubere Kleidungstücke in ihre Reisetasche. O'Donoghues Keller, sie erinnerte sich von früheren Gelegenheiten daran, war mit Krempel vollgestopft Es würde ein langer, schmutziger Tag werden, und Tru wollte nicht länger als unbedingt nötig in dreckigen Kleidern stecken.

„Selbst schuld", antwortete sie, als sie sich fragte, wie sie dazu kam, O'Donoghue beim Kelleraufräumen zu helfen. Tru hatte diesen Fehler eines Abends gemacht, als sie eine Flasche Wein holen wollte. Sie stieg die Treppe hinunter in ein Chaos aus Kisten und Kasten, Aktenschränken, Regalen, Büchern und anderem Zeug, das sie im schwachen Licht der von der Decke baumelnden Birne nicht erkennen konnte. Der Keller war eine Katakombe voll Schmutz, toten Mäusen und unglaublichem Durcheinander. Da hatte sie angeboten...

„Wurde auch Zeit." O'Donoghue begrüßte Tru an der Haustür.

„Ich habe mich beeilt, was meinst du damit?"

„Es ist nach acht, das ist alles."

Sie gingen durchs Wohnzimmer Richtung Kaffeekanne, und Tru grinste die alte Frau an.

„Wie im Büro, Major. Ich komme nie früher als nötig."

„Klar, und mit dieser Haltung wirst du nie befördert", sagte O'Donoghue in dem schwungvollen Tonfall, den sie von ihrer irischstämmigen Mutter hatte.

„Und wozu würdest du mich befördern?" Tru kam mit einer dampfenden Tasse Kaffee aus der Küche.

„Heute? Na, heute zur Oberhausmeisterin und Scheuerfrau", gab O'Donoghue augenzwinkernd zurück.

„Großartig, klingt wie für mich gemacht. So gehst du also mit einer Gratishilfskraft um?"

„Gratis? Was ist gratis daran, wenn ich dich durchfüttere und mein Bier trinken lasse?" erwiderte O'Donoghue.

„Na, dann eben Billigkraft", berichtigte Tru. Sie stieg die Treppe hinunter, bahnte sich einen Weg zu den hinteren Türen der Doppelgarage und überlegte, wo anfangen. Das Ausmaß der Arbeit konnte entmutigen. O'Donoghue hatte offenbar alles aufbewahrt, was sie in den zweiundsiebzig Jahren ihres Lebens je besessen hatte.

Alles mußte geordnet werden. Die Liste mit Anweisungen, die O'Donoghue Tru gegeben hatte, lag schwer in ihrer Hosentasche.

Sie atmete tief durch und versuchte, sich für die kommende Aufgabe zu wappnen. Die Luft war abgestanden, Tru hustete und trat in die Frühlingsluft. Dann seufzte sie, ging zurück ins Chaos und machte sich an die Arbeit. Über sich hörte sie O'Donoghue herumwandern und versuchen, Ordnung in die ebenso vollgestopften Wohnräume zu bringen.

Ein hoffnungsloser Fall, dachte Tru. Sie arbeitete drei Stunden, unterbrach nur einmal für eine Zigarette und hin und wieder für einen Schluck Wasser aus dem Plastikbecher, den sie auf der Mauer am Kellereingang abgestellt hatte. Die paar ertrunkenen Frühlingsinsekten herauszufischen war immer noch angenehmer als der Schmutzfilm, der sich im Keller darauf gebildet hätte.

Um ein Uhr machte sie eine Pause, rauchte ihre zweite Zigarette und versuchte, die erledigte Arbeit zu bewundern. Sie hatte wie wild gearbeitet, sah aber keinen wirklichen Fortschritt. Trotz aller Anstrengung waren gerade mal drei Meter geschafft.

Ihre Kleidung war verdreckt, ihre Hände starrten vor Schmutz. Sie zwinkerte, um den Staub aus den Augen zu kriegen. Warum bloß heben alte Leute all dies Zeug auf? Tru drückte mit dem Schuh die Kippe aus und ging zur Kellertreppe. Hoffentlich hatte O'Donoghue ein Mittagessen vorbereitet.

„Fertig?“ fragte O'Donoghue. Sie saß auf dem Stuhl, auf den sie sich gesetzt hatte, als Tru in den Keller ging, und es sah aus, als wäre sie die ganze Zeit nicht aufgestanden.

„Noch nicht und in diesem Jahrhundert wohl auch nicht mehr. Aber ich glaube, ich habe ein Zeichen gesetzt“, antwortete Tru und klopfte sich Staub und Spinnweben von den Kleidern .

„Mädchen, du siehst vielleicht aus.“

„Das ist doch kein Wunder.“

„Geh dich waschen, ich habe Sandwiches gemacht.“ O'Donoghue erhob sich und ging in die Küche.

„Wurde aber auch Zeit“, erwiderte Tru und begab sich ins Badezimmer. Sie drehte die Wasserhähne auf, nahm die Maske aus Staub ab und hielt das Gesicht unter den Strahl. Hoffentlich verstopfte nicht das Waschbecken.

***

„Also“, sagte O'Donoghue, als Tru nach dem zweiten Sandwich griff. „Also was hast du auf dem Herzen. Da ist etwas, ich merke es. Du bist sonst nicht so schweigsam.“

„Wirklich? Schwatze ich soviel?“

„Ja, durchaus. Außer ein Fall oder sonst etwas beunruhigt dich.“ Sie lächelte.

„Na gut. Und woraus schließt du, daß etwas los ist?“

„Ganz einfach. Wir sitzen hier seit fünfzehn Minuten. Ich habe von dir nur dein Haar gesehen, während du das Essen in dich hineingestopft hast.“

„Ich habe geschuftet, das ist alles. Die Räumerei hat mich müde gemacht.

„Es sind wichtige Sachen dabei. Sie sind Geschichte. Einmalig. Außerdem, wenn dies bißchen körperliche Arbeit dich so erschöpft, solltest du öfter ins Fitneßstudio gehen. Aber das ist nicht alles, nicht wahr?“ fragte O'Donoghue und winkte mit der Tüte mit Kartoffelchips.

„Nein danke“, antwortete Tru und wich der eigentlichen Frage aus.

„Ist der Captain – wie heißt er gleich? Rhine? Ron? – dir mal wieder auf den Fersen?“ O'Donoghue zielte mit Erfolg ins Schwarze.

„Rhonn, Captain Rhonn, und er ist womöglich nur ein Symptom für das Leben allgemein.“ Tru ergab sich der Neugier ihres Gegenübers. Sie mußte – O'Donoghue würde nicht locker lassen, bis sie redete.

„Was hat er diesmal?“

„Nicht mehr als sonst. Ich glaube, er will Blut sehen. Und wenn ihm das nicht gelingt, meine Dienstmarke.“

„Was hast du dem Mann getan? Ihm einen Fall vermasselt, ihn in schlechtes Licht gerückt, bist du frech gewesen zu ihm, wie zu mir?“ hakte O'Donoghue nach.

„Nein, überhaupt nicht. Ehrlich.“ True seufzte. Sie fragte sich das ja selbst. „Ich glaube, er ist einfach einer dieser übellaunigen Mistkerle, und im Moment stehe eben ich ganz oben auf seiner Abschußliste.“

„Möglich", überlegte Major O'Donoghue.

„Ich begreife es nicht. Er genießt es anscheinend, jemanden in der Hand zu haben, und ist unglücklich, wenn er niemanden in die Zange nehmen kann. Ich bin sicher, daß es andere genauso hätte treffen können, verstehst du."

„Es gibt Menschen wie Rhonn, Tru. Glücklicherweise nicht viele. Vor fünfunddreißig Jahren hatte ich einen Vorgesetzten, der war auch so. Er war nur glücklich, wenn er herumnörgeln konnte. Wenn er keinen Grund zum Nörgeln hatte, erfand er einen. Ich habe ihn lange dabei beobachtet, dann fragte ich ihn eines Tages, warum er sich so verhielt. Weißt du, was er antwortete?"

„Keine Ahnung."

„Er sagte, daß er die Leute in Unsicherheit und Beunruhigung hielt, weil sie ihm, solange sie sich mit diesen Nebensachen beschäftigten, keine Probleme machten. Er glaubte, damit hielte er sie davon ab, ihm auf die Finger zu schauen oder zu erkennen, was wirklich wichtig war. Sie konzentrierten sich auf Nebensächlichkeiten, während er sich mit den Oberen um die Hauptsachen kümmerte. Er hatte sie unter Kontrolle, und sie fielen auf den Trick herein. Vielleicht macht es dein Captain Rhonn ähnlich. Ich kann nicht sagen, ob er so schlau ist wie der, den ich kannte. Und der war sehr schlau, das kann ich dir sagen. Er wußte, was er tat und warum. Es hat funktioniert. Er hätte Karriere damit gemacht, aber er ist umgekommen. Ein Bootsunfall, zwei Jahre nach meiner Zeit bei ihm."

„Er hat sich vorsätzlich zerstörerisch verhalten?"

„Du mußt es so sehen: Es ist ein Zaubertrick. Der Zauberer kündigt ein Ereignis an, du weißt nicht welches. Was tatsächlich vor sich geht, ist nicht das, was er zeigt, das geschieht in seiner anderen Hand oder in seinem Ärmel. Er lenkt dich ab. Führung durch Täuschung nennt man das."

„Und du meinst, Rhonn macht das auch so?"

„Ich weiß es nicht. Aber ich kenne diese Typen. Aus dem, was du mir erzählt hast, seit er da ist, schließe ich, daß er haargenau dem Kerl gleicht, den ich kannte", sagte O'Donoghue und zündete ihre tägliche Pfeife an.

„Trick hin oder her, ich bin mit einer Ermittlung beschäftigt, in der es keine Spuren gibt. Er hat gesagt, das er mich einer besonderen Beurteilung unterzieht und daß dieser Fall über meine berufliche Zukunft entscheidet."

„Vor einiger Zeit hat er einen Freund von dir rausgeekelt, nicht wahr?"

„Ja. Und jetzt bin ich die Aussätzige vom Dienst."

„Teile und herrsche. Versetze die Menschen in Angst, dann wenden sie sich gegen einander, schlachte von Zeit zu Zeit ein Opfer, und sie laufen vor Schreck in alle vier Himmelsrichtungen auseinander. Kein großartiger Führungsstil, scheint aber zu funktionieren?"

„Nur zu gut."

„Erzähl mir von deiner Arbeit. Wie geht die Ermittlung voran?" O'Donoghue beugte sich vor, um der Geschichte, die Tru nun hoffentlich erzählen würde, näher zu sein.

„Neugierig." Tru lachte über den Ausdruck intensiver Konzentration auf ihrem Gesicht.

„Klar, wozu gibt es Freundinnen?" O'Donoghue lächelte und machte eine einladende Armbewegung.

„Na gut. Ich finde kein Tatmotiv, das ist das Wichtigste." Tru berichtete O'Donoghue von den Vorfällen, informierte sie über die Opfer und die Konstruktion der Bomben.

Sie diskutierten die Einzelheiten und stellten Vermutungen über die Voraussetzungen an, die gegeben sein mußten, wenn jemand zu Hause eine Plastikbombe herstellen wollte. Sie rätselten so lange über mögliche Motive des Attentäters, bis sie müde waren und die Argumente sich wiederholten.

„Ich brauche ein klareres Bild von dem Täter. So gern ich den Fall mit dir diskutiere, es bringt mich nicht weiter“, sagte Tru zusammenfassend.

„Na gut, aber du kannst nicht sagen, wir hätten keinen Spaß dabei gehabt, oder?“

„Stimmt“, sagte Tru, stand auf und ging in den Keller.

Um halb sechs beschloß sie, für heute sei es genug. Sie war schmutzig und brauchte eine Dusche.

O'Donoghue bemerkte ihr Stirnrunzeln. „Du brauchst vielleicht professionelle Hilfe.“ Sie zog in Erwartung von Trus Antwort die Augenbrauen hoch.

„Ist das persönlich gemeint, Major?“ fragte Tru und spülte mit einem lauwarmen Bier ihre staubige Kehle.

„Du weißt, was ich meine. Du steckst fest, geh zu einem Seelenklempner. Erzähl ihm von deinen wildesten Vermutungen. Vergiß nicht zu bezahlen und zieh ihn ganz ins Vertrauen. Dann sind sie zum Schweigen verpflichtet“, versicherte O'Donoghue.

„Kennst du gute Seelenklempner, die an dieser Sache Gefallen finden könnten?“

„Es ist egal, wo du fragst und zu wem du gehst. Ich empfehle die Universität. Die meisten Experten dort kommen nicht viel raus. Jeder wird gern die Chance wahrnehmen, sich mit einem richtigen Mord zu beschäftigen, ganz abgesehen von deinem Kopf.“ O'Donoghue zappte sich mit der Fernbedienung durch die TV-Kanäle.

„Ich werde es mir überlegen“, sagte Tru. Irritiert nahm sie ihr die Fernbedienung aus der Hand und drückte die Zahlen für den Spielfilmkanal. Ihr üblicher freundlicher Streit.

Während sie die letzten zehn Minuten eines alten Horrorfilms ansahen, beschloß Tru, die Universität anzurufen und einen zur Zusammenarbeit bereiten Psychologen ausfindig zu machen. Alle anderen Wege waren blockiert. Es war riskant, aber den Versuch wert.

# 9

„Dr. Campbell?“ fragte Sara Keen und warf einen Blick durch die Tür, um zu sehen, ob Marki beschäftigt war. Seit knapp einem Jahr war sie Dr. Marki Campbells Sekretärin und hatte in der Zeit das sprunghafte Temperament ihrer Chefin kennengelernt. Nicht oft und nie persönlich verletzend, aber gelegentlich war sie unberechenbar, und Sara hatte keine Lust, sich in die Nesseln zu setzen.

„Ja, Sara“, kam die zerstreute Antwort. Marki stapelte gerade Akten ordentlich auf ihrem Schreibtisch.

„Dr. Campbell, während Sie in der Vorlesung waren, hat heute morgen eine Polizistin angerufen und wollte einen Termin bei Ihnen.“

„Und?“ Marki zog die Jacke aus, raffte den dazu passenden Rock und setzte sich. Die knallgrüne langärmlige Bluse war fast zu warm für das geheizte Büro. Marki mochte feuchte Wärme, weil sie den manchmal überstrapazierten Atemwegen gut tat. Doch die Feuchtigkeitsspender reagierten nicht schnell genug auf plötzliche Wetterveränderungen. Die Spätmärznächte waren kühl, und in den Häusern staute sich die Wärme. Das wiederum führte zu erhöhter Luftfeuchtigkeit, wogegen nur half, die Fenster zu öffnen.

„Ich habe ihr gesagt, daß Sie heute von elf bis eins im Büro sind. Sie wollte um elf da sein. Ist das in Ordnung?“ Sara fummelte an ihrer Bluse und versuchte, sie wieder in den Rockbund zu stecken. Stundenlanges Sitzen und Tippen ließen sie manchmal unordentlich aussehen.

„Das paßt gut. Es ist gleich elf, geben Sie mir ein paar Minuten Zeit, um die Tests hier durchzusehen, und bitten Sie sie dann herein.“ Sara ging, und Marki wandte sich wieder den Stapeln auf ihrem Schreibtisch zu.

„Moment. Wer kommt zu mir und warum?“ fragte sie noch schnell, bevor Sara verschwand.

Sara versuchte, sich an den Namen zu erinnern. „Eine Polizistin namens North aus Kansas City. Sie war nicht sehr mitteilsam in bezug auf den Anlaß. Sie sagte nur, es habe etwas mit einem Fall zu tun, den sie zur Zeit bearbeitet. Sie wissen, wie geheimnisvoll die Polizei manchmal tun kann.“

„Nein, eigentlich nicht“, erwiderte Marki. North. North? Der Name kam ihr irgendwie bekannt vor. Dann erinnerte sie sich. Tru North? Die Frau, an die sie soviel gedacht hatte? Wollte die Göttin ihr einen Wunsch erfüllen?

„Im Fernsehen tun sie jedenfalls immer geheimnisvoll“, beharrte Sara.

„Wie alle Welt von ihnen erwartet, meinen Sie das?“ Marki lächelte Sara zu.

„Sie müssen mir berichten, wenn Sie mit ihr gesprochen haben“, schlug Sara vor.

„Gut. Ich sage Bescheid, wenn ich soweit bin. Okay?“

„In Ordnung.“

Nun, dachte Marki, das würde eine wunderbare Überraschung werden. Sie trat ans Fenster und sah hinaus.

Marki Campbell hatte das Büro vor zwei Jahren bekommen, als sie den Vorsitz der psychologischen Fakultät übernahm. Es lag günstig in einem ehemaligen Studentenverbindungshaus, das in Büros und Unterrichtsräume umgewandelt worden war. Die private Stiftung eines ehemaligen Studenten hatte den Bau eines neuen Verbindungshauses ermöglicht. In Markis Büro und im ganzen Gebäude hatte man die würdevollen Holztäfelungen und Einlegearbeiten erhalten und so den Charme der Jahrhundertwende bewahrt.

Ihr Büro war geräumig, aber nicht protzig. Der neue hellblaue Teppichboden glich die Unebenheiten des alten Holzbodens aus. Bücherregale gingen bis unter die Decke, doch sie dominierten den Raum nicht und gaben niemand das Gefühl, in einer Bibliothek eingeschlossen zu sein. Ein braunes Ledersofa, zwei gepolsterte Sessel mit hohen Lehnen und ein Tisch aus Eichenholz machten die Einrichtung komplett.

An die freien Wände hatte Marki Reproduktionen von Mandalas gehängt, die C.G. Jung in seinen letzten Lebensjahren gemalt hatte. Marki mochte sie, obwohl sie alles andere als Jungianerin war. Marki Campbell war nicht an Methoden oder Weltanschauungen an sich interessiert, sondern an deren Anwendbarkeit und Umsetzbarkeit. Sie interessierte, was wirkte, wenn sie in das Labyrinth einer individuellen Psyche einstieg. Unabhängig von Paradigmen und Theorien wußte Marki, daß sie eine Begabung hatte, die Schalen abzulösen, die das Herz und das Unbewußte anderer Menschen umhüllten.

Es war das schönste Büro, das sie in ihrer Berufslaufbahn je gehabt hatte. Als sie ihre Doktorarbeit abgegeben und das Prüfungskomitee überstanden hatte, verließ sie die Universität von Washington und ging nach San Jose. Dort lebte sie mit Marleen. Die frischgebackene Dr. Marki Campbell nahm ihre fünfhundertseitige Dissertation in zwanzig Kapiteln als Grundlage und machte sich daran, in angesehenen Zeitschriften zu publizieren. Das Veteranenzentrum in San Jose, die Polizeidirektion und die Abteilung für psychisch kranke Straftäter am psychiatrischen staatlichen Krankenhaus versorgten sie über Jahre mit den nötigen Studienobjekten.

Ihr Interesse galt vor allem der Männergewalt. Noch bevor sie sich selbst einer Analyse unterzog, war ihr klar geworden, daß es die rätselhaften Gewaltausbrüche ihres Stiefvaters gegen ihre Mutter waren, die ihr Bedürfnis erklärten, gewalttätiges Verhalten von Männern zu verstehen. In den letzten zehn Jahren, in denen sie sich von ihrem verwitweten, alternden Stiefvater distanziert hatte, hatte sie akzeptieren gelernt, daß es für Gewalt keine einfachen Erklärungsmodelle gab.

Gewalt gab es in allen gesellschaftlichen Schichten und ethnischen Gruppen, Gewalt war unabhängig von religiöser Überzeugung, Bildungsstand oder öffentlichem Bekanntheitsgrad. Überall spielte sich die ganze Bandbreite zwischen winzigen Quälereien und eskalierender Folter ab. Viel zu oft steigerte sich der Mißbrauch zum explosiven, mörderischen Ereignis.

Marki schüttelte ihre Gedanken ab. Ob Detective North pünktlich sein würde? Polizeibeamte hatten eine Art inneren Drang zur Pünktlichkeit, das war bekannt, und ob dieser Drang auf ihre Ausbildung zurückzuführen war, auf den Zwang, Fälle in einer bestimmten Zeit zu erledigen oder auf das archaische Sauberkeitstraining durch ihre Mütter, war eine aufregende, bisher ungeklärte Frage.

Wenn Detective North diese Tru war, die Marki getroffen hatte, wußte sie bereits ein paar Dinge über sie. Es wäre spannend, sie wirklich kennenzulernen. Marki wußte nicht, welcher Zufall ihr Tru zugeführt hatte, aber sie wußte, daß sie sich weder die Gelegenheit noch Tru wieder durch die Finger gleiten lassen würde.

Die Sprechanlage summte leise. „Detective North ist da, Dr. Campbell."

„Gut. Sie soll noch einen Augenblick warten, dann führen Sie sie herein", erwiderte Marki. Die Erwartung ließ ihr Herz schneller schlagen. Sie blickte aus dem Fenster, atmete tief durch und hoffte, daß die Röte auf ihrem Gesicht verschwunden war, bevor Tru eintrat. Marki schickte ein kleines Hoffnungsgebet an die Göttin.

Die Tür öffnete sich, und Marki drehte sich zum Schreibtisch, um ihren Gast zu begrüßen.

„Dr. Campbell?" sagte Tru.

„Ja." Marki gab ihr die Hand. „Und Sie sind Detective North." Sie gelobte der Göttin eine Dankeskerze.

„Ja..." Tru zögerte. In dem Moment, als sie Dr. Campbell sah, hatte sie ein merkwürdiges Gefühl. Es schien wichtig zu sein, aber sie konnte nicht sagen, was es war. Ein Hauch von Vertrautheit, Wiedererkennen oder Übereinstimmung. Tru versuchte, das Gefühl abzuschütteln. In ihrer Arbeit traf sie mit vielen Menschen zusammen, und manchmal verwischten sich die Gesichter.

„Was kann ich für Sie tun?" fragte Marki und beobachtete die aufflackernde Unsicherheit auf Trus Gesicht.

„Darf ich mich setzen?"

„Aber ja, bitte. Entschuldigen Sie. Möchten Sie Kaffee oder Tee?" bot Marki an.

„Ja, gern. Kaffee bitte. Schwarz, ohne Zucker", sagte Tru und setzte sich.

Marki rief Sara an und bestellte Kaffee. Als sie den Hörer aufgelegt hatte, kam sie um den Schreibtisch herum und setzte sich neben Tru.

„Worüber wollen Sie mit mir sprechen?" fragte sie.

Tru fühlte, wie sich ihre Nackenhaare sträubten. Der Ton in Dr. Campbells Stimme erinnerte sie an die flirtenden Gesten, die sie selbst manchmal bei Frauen einsetzte, für die sie sich interessierte. Sie richtete sich auf und versuchte, das irritierende Gefühl zu ignorieren.

„Mir wurde ein Fall zugeteilt, der mir Kopfzerbrechen bereitet", sagte sie. Sie mußte versuchen, den Gesprächsverlauf in der Hand zu behalten.

„Warum? Und warum glauben Sie, daß ich Ihnen dabei behilflich sein kann?"

„Ehrlich gesagt, das weiß ich selbst nicht. Eine Freundin hat mir geraten, einen Seelenklemp... Verzeihung, eine Psychologin aufzusuchen, weil sie glaubt und weil ich ebenfalls glaube, daß ich mich in den Mann hineindenken muß, um ihn zu schnappen, bevor er erneut jemandem Schaden zufügt."

Marki beugte sich vor und wollte gerade antworten, als Sara mit dem Kaffee kam. Marki zog sich wieder zurück und bemerkte, daß Tru vermied, sie anzusehen.

„Danke, Sara. Ms. North und ich haben eine Weile zu reden. Bitte stellen Sie keine Anrufe durch."

„Selbstverständlich." Sara zögerte, ging dann leise hinaus und schloß hinter sich die Tür.

„Wo war ich stehengeblieben... Dr. Campbell..." Tru begegnete Markis offenem freundlichem Blick.

„Sie haben von einem Verbrecher berichtet, den Sie suchen. Aber ich verstehe nicht, warum Sie ausgerechnet zu mir kommen. Da könnte doch jeder beliebige Seelenklempner helfen", sagte Marki mit leichtem Spott.

„Stimmt. Nein. Das mit dem Seelenklempner tut mir leid." Tru merkte, wie sie rot wurde.

„Kein Problem, wirklich. Und Sie erröten so nett. Die meisten Leute werden überhaupt nicht mehr rot. Zumindest, wenn sie erwachsen sind."

Trus Augen wurden groß vor Überraschung. Eine sensible Polizistin, dachte Marki. Wie reizend.

„Ich weiß nicht, ob ich richtig verstehe", stotterte Tru.

„Zumindest scheinen Sie leicht zu erröten. Erinnern Sie sich: Sie haben einen Faux pas begangen, indem Sie mich Seelenklempner nannten – besser: nennen wollten. Dann haben Sie versucht, den Fehler auszubügeln. Und dann sind Sie wegen des Versprechers errötet", faßte Marki zusammen.

„Ich begreife", sagte Tru langsam.

„Vielleicht. Ich will es erklären. Charles Darwin hat einmal gesagt, daß Menschen die einzigen Lebewesen sind, die erröten können und Grund dazu haben." Marki schenkte Kaffee ein. „War der Versprecher der Grund für Ihr Erröten, Detective North?"

„Machen alle Psychologinnen solche Scherze?" Tru wurde langsam unbehaglich.

„Ich will Ihnen nicht zu nahe treten, Detective. Ich habe nur gesagt, daß ich Ihre Reaktion reizend finde. Wenn ich etwas anderes gemeint hätte, würden Sie sich sicher nicht bemühen herauszufinden, was ich gemeint haben könnte." Marki reichte Tru eine Tasse.

Tru räusperte sich. „Um auf das Thema zurückzukommen. Ich habe nicht Sie angerufen, sondern die Universität und nach der psychologischen Fakultät gefragt. Da wurde ich an Sie verwiesen. Es war Zufall. Ich hoffte, jemanden zu finden, der Zeit hat. Ihre Sekretärin sagte, Sie hätten einen Termin frei. Ich sagte ihr, daß ich Polizeibeamtin bin, und sie trug mich in den Terminkalender ein.

Ich wollte mit Ihnen sprechen oder Sie fragen, ob Sie mich an eine andere Fachkraft weitervermitteln können."

„Kommen wir auf Ihren Bösewicht zurück, und ich will sehen, was ich tun kann."

„Gut", sagte Tru und griff nach ihrem Notizbuch. „Es handelt sich um einen Bombenleger. Das ist seine Methode, Menschen umzubringen. Ich weiß nicht, ob es Zufall oder Absicht ist, aber er scheint es jedesmal nur auf eine Person abgesehen zu haben. Er scheint die beiden Opfer bewußt ausgewählt zu haben, aber das ist eine Vermutung. Eines der Opfer lebte hier in Kansas City, das andere in Olathe."

„Ich erinnere mich, über die Todesfälle gelesen zu haben", sagte Marki.

„Sie sind nicht beide umgekommen. Der Mann aus Olathe hat überlebt. Er hat kein Gesicht mehr, liegt auf der Intensivstation und steht unter Morphium. Ich weiß nicht, ob man das als Leben bezeichnen kann."

„Stimmt", sagte Marki schaudernd. „Und warum glauben Sie, daß zwischen den beiden Attentaten ein Zusammenhang besteht?"

„Es gibt ein paar Hinweise. Die Bomben waren in Holzkästchen verpackt, kamen mit der Post, und beide Male wurde selbst hergestellte Sprenggelatine verwendet, wie im Labor herausgefunden wurde." Tru blätterte in ihrem Notizbuch und suchte nach den unzusammenhängenden Bruchstücken, die ihre Ermittlungsbemühungen darstellten. Sie hatte Captain Rhonn bislang nicht Bericht erstattet. Das mußte sie bald tun oder die Konsequenzen tragen.

„Was ist Sprenggelatine, selbst hergestellt oder nicht?"

Tru sah auf und begegnete Markis fragenden Augen.

„Sprenggelatine ist eine synthetische Sprengstoffmischung. Man braucht nur wenig davon. Das Material ist beliebig formbar, plastikähnlich, reißfest, flexibel genug, um eine Schnur daraus zu machen, papierdünne Bögen, Blöcke und so weiter."

„Und das läßt sich zu Hause herstellen?" staunte Marki.

„Ich würde es nicht versuchen. Aber es geht, wenn man die Zusammensetzung kennt, sehr vorsichtig ist und Glück hat. Das Mischen der Chemikalien ist äußerst heikel. Eine falsche Bewegung, und Sie gehen mitsamt der Badewanne in die Luft."

„Wieso Badewanne?"

„Das habe ich nur so dahingesagt. Das Zeug läßt sich überall zusammenmischen."

„Bisher lebte ich in der Annahme, daß die Materialien, mit denen Sprengstoff hergestellt werden kann, von der Regierung kontrolliert werden."

„Einiges schon. Sprengstoffe zum Gebrauch am Bau, bei Abrissen oder beim Militär werden registriert. Sie enthalten Identifizierungsmerkmale und Hinweise, die uns sagen, wo und von wem sie hergestellt und an wen sie verkauft wurden. Wenn nötig, erfahren wir durch dem FBI zugängliche Unterlagen, wo und wann bestimmte Arten von explosivem Material gestohlen wurden."

„Sie haben also hinreichend Informationsquellen."

„Ja, aber sie nützen uns in diesem Fall nichts, in diesen beiden Fällen, genauer gesagt. Das Zeug ist selbstgebastelt. Alles daran ist selbstgebastelt. Die Materialien sind nicht zurückzuverfolgen, weil, wer immer die Bomben gebaut hat, ganz von vorn angefangen hat."

„Er ist schlau und gefährlich. Das ist keine gute Kombination", meinte Marki.

„Gefährlich, das sicher. Ob er schlau ist oder nur Glück gehabt hat, ist die Frage. Vielleicht beides. Die Laborbefunde legen es nahe – übrigens, das alles ist vertraulich, ja?“ Es war Tru gerade noch rechtzeitig eingefallen.

„Möchten Sie mich als Ihre Seelenklempnerin?“ fragte Marki und zwinkerte Tru vielsagend zu.

„Ich...“ Was sollte das Zwinkern nun wieder bedeuten? Tru spürte, wie sich das Kitzeln vom Nacken bis zur Magengrube ausbreitete. Flirtete die Psychologin?

„Schon gut, Detective North. Bitte fahren Sie fort. Ich sichere Ihnen vollkommenes Stillschweigen zu. Ich muß aber für meine Arbeit oder meine Dienstleistungen einen Preis festlegen.“

Sie flirtet! In Trus Kopf schrillten die Alarmglocken in freudiger Überraschung. Man kann einfach nie wissen, jubilierte die kleine Stimme über den protestierenden Wirbel im Kopf hinweg.

„Ich... ich...“ stotterte sie.

„Fahren Sie fort, Detective“, drängte Marki sanft.

„Ich wollte sagen, die Laborbefunde haben ergeben, daß die Basis für das Nitroglyzerin aus einer Verbindung hergestellt wurde, die als Nitritsäure bekannt ist. Nitritsäure ist an sich nicht explosiv, kann es aber werden, wenn sie mit bestimmten anderen Komponenten gemischt wird. Mein Bombenattentäter hat zur Herstellung des explosiven Faktors Stärke genommen. Ganz gewöhnliche Stärke, wie sie beim Kochen und Waschen verwendet wird.“

„Unglaublich.“

„Das ist noch nicht alles. Er mußte etwa fünfzehn unglaublich heikle Arbeitsgänge vornehmen, um das Nitroglyzerin herzustellen. Vielleicht hat er seine Nitrozellulose fertig gekauft, das ist nitriertes Sägemehl. Er kann es von irgendeinem Geschäft im Umkreis von tausend Kilometern, das Waffennarren beliefert, bezogen haben." Tru überlegte, ob Dr. Campbell außer dem Titel auch einen Vornamen hatte.

„Nitriertes Sägemehl?"

„Ja, nitriertes, sehr fein gemahlenes Sägemehl. Es wird für rauchloses Pulver verwendet. Waffennarren oder Schießbegeisterte merken schnell, daß Munition teuer ist. Die Alternative ist, die einzelnen Bestandteile zu kaufen und die Munition selbst zu basteln. Das macht es sehr viel billiger."

„Verstehe." Marki kapierte nicht viel von den technischen Vorgängen, hatte aber das unangenehme Gefühl, daß jenseits ihrer akademischen Bürotür eine fremde, gefährliche Welt lag, gefährlicher als vermutet. Sie sah Tru bewundernd an. Ein Hauch von Gefahr umgab die Polizistin. Irgendwie gefiel ihr das. „Er hat also den Stoff hergestellt und damit Menschen in die Luft gejagt."

„Zuvor mußte er das von ihm hergestellte Nitroglyzerin zu einer halbfesten Plastikmasse stabilisieren und diese in den Deckel der Kästchen einlegen. Die Kästchen schickte er dann seinen Opfern mit der Post", wiederholte Tru.

„Warum ist ihm das Ding nicht vorher schon explodiert, im Postamt oder zu einem anderen Zeitpunkt, bevor es das Opfer erreichte? Haben Sie nicht gesagt, das Zeug sei instabil?"

„Stimmt, am Anfang der Prozedur. Wenn die chemische Verbindung hergestellt ist, wird es zu etwas, das aussieht und reagiert wie ein kleiner grauer Teigklumpen. Diesen Teig hat er in den Deckel der Kästchen geklebt. Der Rest der Apparatur bestand aus winzigen Zündschnüren. Die Zündschnüre lösten die Explosion aus. Wir nehmen an, daß die Zündvorrichtung aus Taschenrechnerbatterien und einem haarfeinen Metallfaden bestand. Die Explosion wurde durch einen winzigen Abzughahn ausgelöst. Wenn der ahnunglose Empfänger sein Päckchen auspackte, sah er nur das Holzkästchen. Wir erwarten im allgemeinen nicht, daß uns Pakete unter den Händen explodieren. Die Opfer verhielten sich ganz natürlich. Sie öffneten das Kästchen, um zu sehen, was drin ist. Wie Pandora. Einfach und endgültig. Und ohne jede Hoffnung."

„Meine Göttin", flüsterte Marki.

„Meine nicht."

„Das sollte ein Stoßgebet sein, kann ich Ihnen versichern. Lesen Sie Märchen?"

„Gute Cops lesen mehr als den neuesten Mordbericht, Doktor."

„Natürlich."

„Können Sie mir helfen? Oder muß ich mich woandershin wenden?"

„Ich bin mir nicht sicher. Ich bin mir überhaupt nicht sicher. Die Geschichte ist aufregend, aber ich bin nicht sicher, ob ich die nötige Kompetenz habe. Mit gewalttätigen Ausbrüchen gegen Frauen und Kinder bin ich vertrauter. Der inzestuöse Vater, der Ehemann, der seine Frau schlägt, die üblichen emotional mißbrauchenden Blutsauger. Das untersuche ich, darüber schreibe ich, darüber rede ich. Dieser Fall liegt außerhalb meines Fachgebiets", sagte Marki. Die Vorstellung, sich ein neues Thema aneignen zu sollen, war ihr eher unbequem.

„Sehen Sie, Doc, ich bin auf Hilfe angewiesen. Dieser Fall ist wichtig für mich. Mehr, als Sie sich vorstellen können. Ich weiß nicht mehr weiter“, sagte Tru verzweifelt. Der Kaffee in ihrer Tasse war kalt geworden, sie trank den kleinen Rest aus.

Marki sah auf die Uhr an der Wand. Die Zeiger standen auf kurz vor Mittag. Lunchzeit.

„Wollen wir irgendwo einen Happen essen, damit ich mir die Sache in Ruhe durch den Kopf gehen lassen kann? Ich glaube, ich kann Ihnen ein paar Dinge dazu sagen.“

„Sie haben Zeit?“ strahlte Tru.

„Für Sie nehme ich mir Zeit“, erwiderte Marki und nickte Tru zu.

„Prima.“ Tru sammelte ihre Unterlagen zusammen und steckte sie in die Mappe. „Ich lade Sie ein.“

„Verfügen Sie über ein Spesenkonto, Detective?“ fragte Marki.

„Nicht direkt, aber es ist das mindeste, was ich tun kann, wenn Sie mir ihre kostbare Zeit opfern.“

„Aber das mach' ich doch gern, Detective“ erwiderte Marki und nahm ihre Jacke vom Garderobenständer. „Ich habe mich gern mit Ihnen unterhalten. Sie wissen doch, wie Psychologinnen sind, oder?“

Tru schüttelte den Kopf. Dr. Campbell beobachtete, wie sie sich den Mantel über die Schultern legte. Tru fühlte die Augen der Psychologin über ihren Körper wandern.

„Psychologen arbeiten oft an verschiedenen Themen gleichzeitig. Das gehört zu ihrem Job, sie lernen es während der Ausbildung. Wir haben es so sehr verinnerlicht, daß wir uns oft gar nicht mehr anders verhalten können“, erklärte Marki. Sie war einen vollen Kopf größer als Tru und stellte sich gerade vor, wie gut Tru in ihre Arme passen würde und wie es wäre, Trus weiche Haut an der ihren zu spüren. Marki wußte, daß Tru, wenn sie ihren

Beruf ernst nahm, ein Sportstudio frequentierte und gut trainierte Muskeln hatte.

„Woran denken Sie, Doc?“ fragte Tru unsicher.

Ein Lächeln huschte über Markis Lippen, als sie sah, wie Tru das Blut wieder heiß ins Gesicht stieg.

„Margarete... oder Marki. Ich glaube, wir müssen uns nicht mit Förmlichkeiten aufhalten“, sagte sie, faßte Tru leicht am Ellbogen und führte sie aus der Tür.

Als Tru den Namen hörte, traf sie der Schock der Erkenntnis. Marki! Ein Stromschlag durchzuckte ihr Herz, als Marki sie durch das Wartezimmer zum Aufzug führte.

„Ich bin Ihnen eine Erklärung schuldig“, fing Tru an. Sie wagte es nicht, der anderen ins Gesicht zu blicken.

„Alles zu seiner Zeit, Detective“, sagte Marki. Sie machten sich auf die Suche nach einem Lunch.

# 10

„Worauf hätten Sie Appetit?“

„Wie bitte?“ Tru richtete ihre Aufmerksamkeit wieder auf Marki. Sie hatte sich voll auf den Verkehr konzentriert.

„Ich habe gefragt, wohin Sie gehen möchten. Zum Lunch natürlich.“

„Ich ginge gern ins Hannigan. Und Sie?“ sagte Tru. Es war eine unmögliche Situation, und sie wußte nicht, wie sie sich verhalten sollte.

„Dieser Abend in der Bar...“, fing Marki an.

„Bitte, nicht jetzt. Geben Sie mir fünf Minuten zum Sammeln. Ich kann einfach nicht...“ *Denken!* knurrte Tru sich an. *Ich kann einfach nicht denken.*

„In Ordnung. Ich werde nicht drängen. Aber ich denke, wir sollten darüber reden. Lassen Sie sich Zeit. Ich bin bei Ihnen.“

Das stimmt leider, beklagte Tru sich. Sie war in ihrem Auto mit der Frau gefangen, der sie erlaubt hatte... Sie versuchte, nicht daran zu denken. Trotzdem stiegen die Bilder in ihr auf.

Das Hannigan war ein kleines, einfaches irisches Gasthaus in West Port. Ganz früher, hieß es, war es ein Haus aus grob behauenen Baumstämmen, Natursteinen und Lehm gewesen. Das erste Hannigan war Jahre vor dem Bürgerkrieg abgebrannt. Seine Zerstörung hatte mit den Grenzkonflikten zwischen Kansas und Missouri vor und während des Krieges nichts zu tun. Das Feuer war durch einen Unfall ausgelöst worden, ein glühender Ofen hatte zu nahe an den ausgetrockneten Holzbalken gestanden.

Das zweite Hannigan wurde zur Zeit der großen Trecks nach Westen erbaut. Es hatte müde Menschen aus dem Osten mit Lebensmitteln, Ausrüstung und ein paar schnellen Runden Schnaps versorgt, bevor sie in das Land ihrer Hoffnungen aufbrachen. Das Hannigan war aufgeblüht und hatte sich vergrößert, um der immer größer werdenden durstigen Menge gewachsen zu sein. Das zweistöckige Gebäude mit dicken Natursteinmauern und kräftigen Dielen war heute noch so stabil wie damals.

Das Hannigan bot einfache warme Mahlzeiten und ein paar schlichte Zimmer. Tische und Stühle stammten aus einer vergangenen Zeit. Sie waren praktisch und durch regelmäßiges Aufpolstern beinahe bequem.

Motorradfahrer, Yuppies, Geschäftsleute und Touristen trafen sich hier und ließen sich im allgemeinen gegenseitig in Ruhe. Das Hannigan war etabliert, anspruchslos und versteckte seinen enormen Wohlstand hinter rustikalem Aussehen.

Als sie ankamen, wünschte sich Tru, nicht im Dienst zu sein, um einen starken Drink bestellen zu können. Dann erinnerte sie sich. So hatte es beim letzten Mal auch angefangen. Sie schob den Gedanken schnell beiseite, sah einen freien Tisch und bedeutete Marki, ihr zu folgen.

Ein bärtiger Typ mit angeschmuddelter Schürze kam an ihren Tisch. „Was kann ich für Sie tun?“ fragte er.

„Sie tut schon alles für mich“, sagte Marki und zwinkerte Tru fröhlich zu.

Der Kellner sah Tru an. Sie ergab sich in die Situation, lächelte ihn verlegen an und zuckte die Schultern.

„Schön." Er nickte. „Vielleicht was zum Nachspülen?"

Tru zuckte zusammen.

„Ja. Gegrillte Hühnerbrust mit Muschelsalat für mich. Und ein großes Glas Eistee", sagte Marki.

„Und für mich Eistee und ein Truthahnsandwich."

Der Kellner notierte die Wünsche und ging in die Küche. Tru sah sich wieder mit Marki allein und rutschte unruhig auf dem Stuhl. Sie blickte auf und begegnete Markis Augen. Tru befahl sich, stillzusitzen.

Major O'Donoghue hatte mal gesagt, daß sich in einer Krise die Zeit verlangsamt und unendlich zu dehnen scheint. Bis zu diesem Augenblick hatte Tru gedacht, ein solches Gefühl würde sie nur bei einem Autounfall oder wenn auf sie geschossen wurde oder vor dem sicheren Tod empfinden. Nun begriff sie, daß eine Krise auch aus anderen Ursachen entstehen konnte. Innerhalb eines Augenblicks. Oder eines Augenzwinkerns?

„Sie sind eine interessante Frau, Detective North."

„Tru. Nennen Sie mich Tru. Sie haben selbst gesagt, daß wir keine Förmlichkeiten brauchen."

„Ja, das stimmt. Sie sind eine interessante Frau, Tru", beharrte Marki.

„Vielleicht. Oder Sie verwechseln mich mit einer, die es gar nicht gibt. Möglicherweise war ich an jenem Abend nur ein betrunkenes Produkt meiner Einbildung", wehrte Tru ab.

„Vielleicht, aber Sie waren mit Sicherheit ein faßbares, knisterndes Phantasieprodukt. Wie unwirklich und beschwipst Sie gewesen sein mögen, es fällt mir schwer zu glauben, daß da nicht ein kleines Stück von Ihnen selbst mit dabei war." Marki beugte sich vor und unterstrich damit ihre Bemerkung.

„Es ist irgendwie alles verschwommen, ehrlich. Ich hatte eine schwere Zeit. Private Geschichten. Ich habe mich betrunken und dumm benommen. Das gebe ich zu, auch wenn es mir schwerfällt."

„Kennen Sie die Redensart, im Wein liegt Wahrheit?"

„Wollen Sie damit sagen, daß ich tun wollte, was ich tat?" fragte Tru. „Daß ich an diesem Ort sein wollte? Mit Ihnen? Auf diese Weise? Daß ich so bin und nicht anders?" Tru fühlte, wie ungläubiger Zweifel ihr Galle in die Kehle spülte.

„Ja und nein", korrigierte Marki. „Ja, ich glaube, daß Sie eine schwere Zeit haben. Ich weiß nicht, was es ist oder was Sie getan haben, aber Sie stecken immer noch drin. Das steht Ihnen ins Gesicht geschrieben. Ich wußte es, als ich Sie im Arm hielt. Und ich weiß, daß es Ihnen schwerfällt, es zuzugeben. Sie wollen das Selbstbild der harten Polizistin nicht loslassen. Vielleicht fühlen Sie sich damit sicherer. Nein, ich glaube nicht, daß Sie sich bewußt mit mir oder mit sonst jemandem getroffen haben. Es ist einfach passiert. Aber war es nicht genau das, was Sie wollten? Wenn ich Sie ansehe, wenn ich Sie höre, damals und heute, würde ich sagen, daß Ihre wahre Natur eher sinnlich, einfühlsam und gefühlvoll ist."

„Aber –"

„Ich bin nicht fertig", fuhr Marki fort. „Ich kann mir keine denken, die ich lieber kennenlernen würde als Sie."

„Sinnlich? Gefühlvoll? So hat mich noch niemand charakterisiert", protestierte Tru mit zusammengekniffenen Augen. Kalt, distanziert, zurückhaltend und teilnahmslos hatte Eleanor sie genannt. Tru sah Dr. Campbell an und fragte sich, ob sie ihre Doktorurkunde im Lotto gewonnen oder in der Schachtel Frühstückflocken gefunden hatte.

„Wirklich? Dann haben Sie sich dummerweise mit unbedarften Menschen abgegeben. Pech, liebe Miss North."

„Das ist nicht besonders liebenswürdig. Sie kennen meine Freundinnen nicht."

„Natürlich nicht. Auch keine Ihrer früheren Geliebten. Aber eines kann ich Ihnen versichern..." Marki zögerte. Sie wollte Tru nicht zu sehr bedrängen. Tru litt an Wunden, die Marki nur ahnen konnte.

„Und das wäre?" fragte Tru trotzig.

„Ich habe den Verdacht, daß bisher keine wirklich in Ihr Innerstes vorgedrungen ist. Ich glaube, wenn eine je die Gelegenheit ergriffen hätte, Sie zu erkennen, Ihr wirkliches Selbst zu berühren und zu lieben, wäre sie erstaunt gewesen. Wenn das je geschehen wäre, hätten Sie nicht das Bedürfnis, sich hinter dieser förmlichen Fassade zu verstecken, oder?"

„Das ist..." Tru rang nach Worten der Verteidigung. Sie wollte protestieren, aber da kam das Essen.

Das Gespräch verstummte, bis der Kellner den Eistee brachte. Tru, deren Gedanken aus den gewohnten sicheren Bahnen geworfen waren, versuchte, sich auf ihr Sandwich zu konzentrieren.

Marki aß schweigend ihr Hähnchen und ließ Tru in Ruhe ihre Bemerkung verdauen. Es war wie eine Schocktherapie, schalt sie sich. Sie hatte eine Technik angewandt, die sie normalerweise für Klientinnen reservierte, die unzureichend versichert waren. Sie wußte, wie sie ihnen helfen konnte, schnell zum Kern einer Sache vorzudringen. Sie saß aufmerksam da, beobachtete, achtete auf die Feinheiten und konzentrierte sich dann auf die ein, zwei Dinge, die ihre Leben am meisten beeinträchtigten. Sechs oder sieben Sitzungen später waren sie zwar nicht geheilt, aber auf dem Weg zu einem besseren Verständnis ihrer Selbst, ohne ihre Ersparnisse angegriffen zu haben. Marki wußte, warum sie diese aggressive Technik bei Tru angewandt hatte. Persönlich wollte sie mehr Zeit mit Tru verbringen, aber die Psychologin in ihr wollte Tru schnell die Augen öffnen. Sie wollte Tru ermöglichen, die Frau zu sehen, die Marki unter dem Schmerz begraben wähnte. Ohne Einsatz kein Gewinn, sagte sie sich.

„Na gut", seufzte Tru. „Das ist wohl der zweite Tagesordnungspunkt. Gibt es sonst noch etwas, das ich wissen sollte, bevor wir auf den Grund meines Besuchs zurückkommen?"

„Nein. Ich habe darüber nachgedacht. Es ist wirklich ein wenig zu normal, nicht wahr?" Marki lächelte Tru strahlend an.

„Wollen Sie sagen, Sie seien normal?" Tru lachte.

„Kaum. Eine schlechte Wortwahl. Es wird nicht wieder vorkommen", versprach Marki, durch das Wortspiel erleichtert. Ihr gefiel, wie Tru die Gelegenheit nutzte, ihrem Gespräch eine Pause zu verschaffen. Es zeigte, daß Tru ein Gefühl für sich selbst hatte, das aber nicht so intensiv war, daß es ihr das Lachen verbot. Das war gut so. Die Pause machte es möglich, sich einander vorsichtig zu nähern. Es war ein Umweg, kein Rückzug.

„Ich würde jetzt wirklich gern auf den ersten Punkt der Tagesordnung zurückkommen", sagte Tru und blickte auf die Uhr. Viertel nach eins. „Müssen Sie zurück, in eine Vorlesung oder so?"

„Nein. Ich stehe den Rest des Tages ganz zu Ihrer Verfügung. Manchmal passen die Dinge eben, nicht wahr?" Marki bemühte sich, Tru ein entspanntes Gefühl zu vermitteln.

„Gut. Haben Sie einen Gedanken an den Bombenattentäter verschwendet, während Sie mich diskret analysiert haben?“ Tru kehrte damit zu ihrem Anliegen zurück. Außerdem fühlte sie sich auf diesem Terrain sicherer.

„Schon möglich. Erstens: Haben Sie Fotos von den Kistchen, in denen die Bomben geschickt worden sind? Ich würde sie gern sehen, wenn das geht.“

„Hier sind sie. Aber das Ganze ist vertraulich. Als wären Sie meine Therapeutin“

„Ja und nein.“

„Was soll das heißen?“

„Ja, ich werde alles streng vertraulich behandeln. Keine Tricks, keine Ausflüchte, keine Halbheiten. Und nein, weil ich nie Ihre Therapeutin sein könnte“, sagte Marki entschieden. „Es ist Credo, beruflicher Verhaltenskodex und eine Frage der persönlichen Ethik zugleich. Ich werde das, was wir besprechen, nicht weitertragen, weil ich mich durch die Einladung zum Essen im Dienst der Polizei fühle. Verstehen Sie?“

Tru nickte zustimmend.

„Gut. Und Ihre Psychologin kann ich nicht sein, weil ich persönlich an Ihnen interessiert bin. Ich schlafe nicht mit meinen Patientinnen, habe keine sexuellen Begegnungen mit meinen Klientinnen und forsche nicht nach ihren tiefsten erotischen Wünschen. Doch das und mehr will ich, ehrlich gesagt, mit Ihnen.“

Vor Trus geistigem Auge tanzten gefährliche Bilder von Marki, die sie im Arm hielt, und von Tru, die Marki zärtlich streichelte. In ihrem Bauch breitete sich Hitze aus.

„Welch ein Glück für mich, daß Sie Grundsätze haben.“ Tru räusperte sich, ihre Kehle war plötzlich trocken geworden.

„Ja, günstig, nicht wahr?"

„Okay, okay", stotterte Tru und erinnerte sich, daß sie Marki die Fotos von den Resten der Paketbomben zeigen wollte. Sie griff in ihre Mappe, zog die Umschläge mit den Schwarzweißfotos heraus und schaffte es, sie ohne merkliches Zittern über den Tisch zu reichen.

„Essen Sie nur weiter. Ich sehe sie mir während dessen an", schlug Marki vor.

In Trus Kopf drehte sich alles. Sie war es nicht gewohnt, daß eine andere in diesen Spielchen besser war als sie. Marki war eine völlig unerwartete neue Erfahrung. Der falsche Schuh, protestierte Tru stumm. Seit sie in der Highschool ihr Comingout gehabt hatte, war immer sie diejenige gewesen, die selbstbewußt den aktiven Part gespielt und sich durchgesetzt hatte. Sie war die Zupackende, die Verführende, sie bemühte sich um die Frauen, die sie begehrte. Mit vierunddreißig konnte Tru sich nicht vorstellen, mit einemmal zum schüchternen Veilchen zu werden. Oder hatte das Blatt sich gewendet? Plötzlich hatte Tru das Gefühl, laut vor sich hingesprochen zu haben, sie blickte zu Marki hinüber, die den Kopf über die Fotos beugte und ganz konzentriert wirkte.

Selbstbewußt? Tru schnaubte verächtlich. Eleanor hatte sie verbal stärker dominiert, als Tru es sich zwischen Frauen je vorstellen konnte. Tru zuckte beim Gedanken an Eleanors Ausbrüche und ihre Art, Frauen nachzustellen, zusammen. Ihr Flirt mit dem Gedanken, von der Brücke zu springen, war kein Zeichen von Selbstbewußtsein gewesen. Nur endgültig.

Du meine Güte! Lauter Klischees: selbstbewußt, aggressiv, Butch, Femme, passiv, dominant, maskulin, androgyn, sensibel, distanziert, auffallend, sinnlich. Politisch korrekt, unkorrekt, ungewöhnlich, exzentrisch, alles Mist. Es hing von den anderen ab, wie sie sie sahen, von deren Art, die Welt zu betrachten. Unwichtig. Klischees waren Modeerscheinungen; wenn sie in eines nicht paßte, dann eben in ein anderes.

„Ein analfixierter Psychopath, der um keinen Preis entdeckt werden will“, erklärte Marki.

„Wie bitte?“

„Ihr Attentäter. Ein analfixierter Psychopath. Er tut, was er tut, gern, auch wenn wir nicht wissen, warum. Psychopathisch, weil er höchstwahrscheinlich die Vorbereitung und das Vorgefühl mehr genießt als die Tat selbst. *Psychopath* ist ein Wort, das in unserem Fach gerade wieder aufgewertet wird. Ich wende es auf diesen Mann an, weil er es auf einen bestimmten Opfertyp abgesehen hat. Auf Künstler mit Hang zum Kommerz. Das sind seine Zielscheiben. Und wenn ich mich nicht irre, ist ihm nicht das Töten wichtig, sondern das, was diese Personen sind und tun. Ihr Tod ist Mittel zum Zweck. Dem Typ geht es um etwas anderes“, erklärte Marki.

Tru winkte geisteabwesend dem Kellner. Sie nahm sich eine Zigarette und wartete.

„Er denkt klar. Es gibt einen Grund für die Wahl seiner Opfer. Diesen Grund müssen Sie finden, aber er existiert vielleicht nur in seinem Kopf und ist nicht ohne weiteres nachvollziehbar“, fuhr Marki fort.

„In seinem Kopf? Wie Stimmen?“

„Nein, dazu ist er zu realitätsbezogen; sonst würde er sich selbst in die Luft sprengen, nicht andere. Nein, seine Opfer haben ihn irgendwie gekränkt. Er greift sie zu Hause an. Das ist eine sehr persönliche Sache. Auch seine Wut ist sehr persönlich.“

„Ich glaube, ich möchte ein Bier vom Faß. Aber bitte kein helles“, sagte Tru zum Kellner und schob einen Fünf-Dollar-Schein über den Tisch.

„Und für Sie, Miss?“

„Das gleiche“, nickte Marki.

Der Kellner entfernte sich. Tru starrte auf einen Punkt hinter der Bar, Marki sah weiter die Fotos durch. So verharrten sie, bis das Bier kam.

„Nun gut. Machen wir uns an die Arbeit“, sagte Tru, nachdem sie Markis Bemerkungen verdaut hatte. „Zwei Künstler, keiner in finanziellen Schwierigkeiten, werden von einer Bombe in die Luft gejagt, die ihnen mit der Post zugestellt wurde. Der Täter ist geduldig und gründlich, nicht unbedingt ein Zeichen von jugendlichem Überschwang. Beide Opfer sind Weiße, deshalb stehen die Chancen neunzig zu hundert, daß auch der Täter ein Weißer ist. Niemand lernt das Herstellen von Bomben in Heimarbeit durch die Lektüre eines Buches. Deshalb können wir davon ausgehen, daß er eine Universität besucht hat, beim Militär war, bei der Polizei oder einer ähnlichen Institution. Er ist Einzelgänger, oder er hat Freunde, die ihm zuarbeiten und so verrückt sind wie er. Vielleicht hat er ein Vorstrafenregister, aber keins, das ihn mit den Attentaten in Verbindung bringt. Er besitzt die nötige Ausrüstung, die Werkzeuge und die nötigen Chemikalien. Er braucht einen Arbeitsraum. Unwahrscheinlich, daß er in der Stadt in einem Ein-Zimmer-Apartment wohnt. Ich weiß nicht, was er beruflich gemacht hat, bevor er anfing, Leute umzubringen, aber aufgrund dessen, was Sie gesagt haben, möchte ich wetten, daß er nicht gut im Team zusammenarbeitet. Sein kleines Hobby nimmt viel Zeit in Anspruch, deshalb würde ich sagen, daß er zur Zeit oder vielleicht schon seit längerem unterbeschäftigt ist, arbeitslos oder selbständig. Keiner, den man vermißt, wenn er sich nicht krank meldet. A propos Krankheit, dieses Problem mit dem Umgang mit seiner Wut ist vielleicht gar nicht so neu an ihm. Vielleicht wurde er schon mal ins Krankenhaus eingewiesen. Vielleicht wegen Drogen", Tru prostete Marki mit ihrem Bierglas zu, „Streß oder einer anderen Feld-Wald-und-Wiesenstörung."

„Keine schlechte Analyse", sagte Marki. „Haben Sie das auf der Polizeiakademie gelernt?"

„Nein. Es war ein Kurs, den das FBI angeboten hat. Der Rest stammt aus der Literatur, die wir mit nach Hause bekamen. Das Nette daran ist, daß es sich um Statistiken und Wahrscheinlichkeitsrechnungen handelt. Ich habe auf dieser Grundlage sogar ein kleines Programm für meinen Computer geschrieben. Ich benutze es, um zu Hause meine Annahmen zu überprüfen. Es ist keine Wissenschaft. Mehr eine Kunst. Das ist die Kehrseite. Vielleicht gehen meine Schüsse ins Dunkel."

„Nun, ich habe den Eindruck, daß es da mehr Licht gibt, als Sie vielleicht denken." Marki lächelte Tru freundlich an.

„Ja. Und nun muß ich nichts weiter tun, als alle Heuhaufen nach dem Kerl abzusuchen, der in diese Kategorien paßt." Trus Schultern sackten unter dem Ausmaß der Aufgabe nach unten.

„Es ist schon nach drei", warf Marki ein. „Möchten Sie mit mir nach Hause kommen auf ein frühes Abendessen?"

„Das ist ein verlockender Gedanke, aber ich will nichts überstürzen. Ich weiß, das klingt ziemlich lahm, nach... nach dem letzten Abend, aber das war dort, und jetzt sind wir hier", sagte Tru langsam.

„Ich verstehe." Marki wußte, daß Trus Ton keine Zurückweisung war. „Dann sollten wir uns verabreden."

„Verabreden?"

„Verabreden. Ich hole Sie ab, wir gehen essen, reden und lernen uns kennen."

„Eine Verabredung", wiederholte Tru.

„Sie müssen nur ja sagen. Und weil Sie mich zum Lunch eingeladen haben, bin ich mit dem Abendessen dran. Keine Tricks, das verspreche ich."

„Umwirb mich", sagte Tru und hörte ein fernes Echo.

„Genau das meine ich. Wir umwerben einander. Lernen uns kennen und verstehen. Ist Ihnen Freitag recht?" fragte Marki im Aufstehen.

„Das würde mir gefallen."

„Prima, wir treffen uns um acht. Und jetzt könnten Sie mich zu meinem Auto bringen, damit ich nach Hause fahren kann", schlug Marki vor.

Tru nahm gar nicht wahr, daß sie Marki ihre Adresse nicht gegeben hatte.

# 11

Er pfiff leise vor sich hin, als er den abgenutzten, ramponierten Schrank an den Rand der Ladefläche seines kleinen Transporters zog. Ein guter Fang, billig obendrein. Ein Schnäppchen. Als Schrank war er nicht mehr zu gebrauchen, aber das Holz war stellenweise noch gut. Es war ein großes Stück, alt, schwer und eine feine Handwerksarbeit, wie sie heute nicht mehr üblich war. Er hatte Verwendung dafür. Er konnte es kaum erwarten, den Schrank zu zerlegen und auf seine Art neu zusammenzusetzen.

Er drückte auf den Knopf für das Garagentor, sprang auf die Ladefläche und zog den Fund näher an die Werkbank. Er gab sich große Mühe, das alte Stück nicht fallen zu lassen und so noch weiter zu beschädigen. Vorsichtig setzte er es auf den Zementfußboden. Er richtete sich auf, schnaufte vor Anstrengung und bewunderte die gute Qualität des Holzes, die unter all den Beschädigungen zum Vorschein kam.

Dann fuhr er das Auto auf den Hof, ging in die Werkstatt, ließ die Garagentür herunter, ging zum Schrank und strich mit der Hand über die rauhe Oberfläche. Wasserflecken deuteten auf nachlässige Behandlung, mehrere Schubladen hingen schief in ihren Halterungen. Er hatte den Schrank für zehn Dollar bei einer Auktion gekauft. Das war fast wie Diebstahl. Es ergab mehr als einen

Quadratmeter verwertbares Holz. Das war mehr als genug für seinen Zweck. Mehr als genug.

Er wußte aus Erfahrung, daß in der Holzhandlung die gleiche Menge Walnußholz neu fünfundsiebzig Dollar kosten würde. Vielleicht auch mehr, wegen der wertvollen Maserung. Er strich mit den Fingern darüber.

Walnußholz war zwar schwer zu bearbeiten, bei einiger Sorgfalt konnte man jedoch sehr erfreuliche Ergebnisse erzielen. Er hatte die Zeit, die Geduld, das Geschick. Holz erwachte unter seinen Händen zu neuem Leben. Das war seine größte Freude. Eine andere Freude gab es nicht mehr, seit er Marie verloren hatte.

Er würde aus dem Holz Spieldosen herstellen, wie sie sie geliebt hatte. Das Holz würde für sechs Kästchen reichen. Und die würden andere Lieder singen als die, die Marie für ihn gespielt hatte.

Er griff nach einem Brettchen und einem Gummihammer. Das Geräusch eines Fahrzeugs in seiner Einfahrt ließ ihn aufhorchen. Es wurde in einen niedrigeren Gang geschaltet und wirbelte in der engen Kurve zur Werkstatt Kies und Erde auf.

Als es vor dem halb heruntergelassenen Tor anhielt, konnte er den dicken Vorderreifen sehen. Der Motor wurde abgeschaltet und ein ramponierter Motorradhelm auf den Boden geworfen.

„Hallo da drin!“ rief eine junge Männerstimme. „Sind Sie da, Clarence?“

Clarence Berenger verzog wütend das Gesicht und legte den Schlegel auf den Schrank. Sein Vergnügen mußte warten, solange er sich mit dem Jungen befaßte.

„Entschuldigen Sie die Verspätung, Mr. Berenger, aber Dad hat mir heute morgen das Auto nicht gegeben.“ Als er das Garagentor hochschob, grinste ihn das jugendliche, leicht dümmliche Gesicht Harold Tillmans an.

„Soll das mein Problem sein, Harold?“ fragte Berenger stirnrunzelnd.

„Nein, Sir. Nur habe ich fast drei Stunden gebraucht, um dieses Mistding zum Laufen zu bringen. Ich habe versucht, anzurufen. Ehrlich.“

„Ich war auf einer Auktion. Ich habe dich um sieben erwartet, vor der Abfahrt.“ Clarence ging mit großen Schritten an dem Jungen vorbei.

„Ich bin gekommen, so schnell ich konnte. Es wird nicht wieder vorkommen. Ich brauche die Arbeit, Mr. Berenger“, bettelte Harold.

Die Arbeit bei Clarence war sein erster Job, seit er die Schule nach der zehnten Klasse verlassen hatte. Er war zwanzig. Harold war der Last müde geworden, die ihm das Schulsystem seit Kindergartentagen aufgebürdet hatte. Er war langsam, das wußte er. Jahr für Jahr war ihm das ins Gesicht geschleudert worden, und er war es leid. Sein Vater hatte die Hoffnung auf einen Schulabschluß für seinen Sohn begraben und ihn abgehen lassen, um einen Job zu suchen.

„Dann mußt du dich entsprechend verhalten. Los, deine Aufgaben warten auf dich.“

Harold schlurfte niedergeschlagen hinter Clarence ins Haus. Clarence drehte sich um und sah, wie der Junge beim Gehen Erdklumpen und Steine vom Weg kickte. Plötzlich fühlte er Mitleid in sich aufwallen. Er wußte nicht, was ihm mehr leid tat: der Mann Harold mit dem Geist eines Kindes, oder das Kind Harold, gefangen im Körper eines Mannes.

„Sieh mal.“ Clarence seufzte ärgerlich. „Ich bin nicht

wütend auf dich. Ich habe eine Menge zu tun und bin auf dich angewiesen. Wenn du nicht auftauchst oder nicht erledigst, was anliegt, bleibt die Arbeit an mir hängen."

Als Clarence Harold die Aufträge erklärt hatte, die er an diesem Tag erledigen sollte, war es Mittag. Der Tag ging dahin, und er war nicht in seine Werkstatt gekommen. Er versuchte, ein geduldiger Mensch zu sein. Er wußte, daß geduldige Menschen sorgfältiger waren, innerlich ruhiger und friedlicher als Menschen, die sich über Kleinigkeiten aufregten.

Clarence hatte durchs Holz zur Geduld gefunden. Der kreative Umgang mit Holz war ihm ein Vergnügen. Es beruhigte ihn, regte ihn an und half ihm, die schreckliche Wut auf kleiner Flamme zu halten. Holz hielt ihn passiv, damit die Wut nicht hochkommen und seine Gedanken überschwemmen konnte.

Er hatte im Golfkrieg gedient und nach seiner Rückkehr einen Kurs für Holz- und Schreinerarbeiten am Gemeindecollege belegt, und das war ein Segen gewesen. Eine echte Gnade.

Die Idee zu diesen Handwerkskursen hatte Marie gehabt. Sie hatte gemeint, damit könnten sie Haus und Garten behalten, und er könnte mit dem Verkauf von Kunsttischlerarbeiten etwas dazuverdienen. Das leuchtete beiden ein. Er könnte zu Hause arbeiten und kleinere Stücke herstellen oder Aufträge für andere Leute ausführen.

Aber selbst mit Maries Zuarbeit hatten sie ganz schön knapsen müssen. Maries Job als Sekretärin in Kansas City ernährte sie beide, wenn auch knapp. Es war nicht berauschend, aber sie kamen zurecht. Zwölf Monate später hatte er seine Gesellenprüfung abgelegt, und die Dinge sahen langsam hoffnungsvoller aus. Dann hatte Marie ein besseres Angebot bekommen. Sie hatten gedacht, aus dem Gröbsten herauszusein. Aber es kam anders. Die Hoffnung hatte getrogen. Es gab einen anderen Anfang, und der war das Ende von allem.

Clarence ging zurück in die Werkstatt. Er drückte den Schalter für das Garagentor, es senkte sich und schloß das Nachmittagslicht aus.

***

Am späten Abend des gleichen Tages, gute fünf Meilen vom Zentrum von West Port entfernt, parkte Clarence seinen klapprigen kleinen Lieferwagen vor Rustys All-Rite-Restaurant. Als er vom Trittbrett stieg und die Tür hinter sich zuknallte, quietschten und heulten die Reifen der Lastwagen ihren ungesunden Rhythmus durch eine Unterführung, knapp einen halben Häuserblock vom Restaurant entfernt. Auf seltsame Weise mischte sich der Geruch von Diesel, heißem Gummi und Frühling. Clarence umklammerte die zusammengerollte Zeitschrift in seiner rechten Hand wie eine Waffe und ging auf die einladende Tür zu.

Die Lichter des Restaurants strahlten ihm freundlich entgegen. Er hatte den Wagen nahe der Straße geparkt. Er hatte einen langen Arbeitstag hinter sich. Es war Abendbrotzeit, und er hatte sich verspätet.

Auf dem Parkplatz standen nur wenige Lastwagen. Fürs Abendessen war es zu spät und für die Nachtschwärmer, die hier auftauchten, wenn die anderen Bars schlossen, noch zu früh. Er würde nicht viel Unterhaltung bekommen. Er hatte gehofft, ein paar Vertreter zu treffen, die er kannte, aber die waren nun zu Hause bei ihren Familien.

Clarence war glücklich. In der jüngsten Ausgabe des *Kansas City's Entrepreneur Monthly* hatte er gefunden, was er gesucht hatte. Alles sah gleich viel besser aus.

„Guck mal, was die Katze da anschleppt."

„Leg dich nicht mit mir an, Mary Beth", beantwortete Clarence den freundlichen Standardspruch.

„Nicht mit dir anlegen? Was für eine nette Begrüßung?" sagte Mary Beth eingeschnappt und zwinkerte in Richtung der drei übrigen Gäste. Jeder saß an einem Tisch für sich.

Sie hatten die Köpfe gehoben und zugesehen, wie Mary Beth den neuen Gast angemacht hatte. Clarence nickte ihnen gutmütig resigniert zu.

„Mal ehrlich, Jungs, sieht er nicht aus als hätte die Katze ihn angeschleppt? So richtig zerzaust?" setzte Mary Beth ihre Tirade fort, kam an seinen Tisch und brachte ein Glas Wasser und die Speisekarte. Ihr blondes stumpfes Haar hing in losen Strähnen um ihr Gesicht und umrahmte ihre geröteten Wangen. Trotz ihrer Rundlichkeit servierte sie die Speisen, beseitigte die Reste und deckte die Tische für neue Gäste schneller als irgend jemand sonst.

„Nun, Mary Beth, ich bin Handwerker, und Handwerker neigen dazu, ein bißchen unordentlich auszusehen", gab Clarence fröhlich zurück.

„Mag ja sein, aber manche Leute haben soviel Anstand, sich die Hände zu waschen und die Haare zu kämmen, bevor sie ausgehen. Oder hast du das vergessen?" Mary Beth notierte Clarences Bestellung: Hähnchensteak mit Sauce, Kartoffelbrei, grüne Bohnen und Kaffee.

„Wir sind hier nicht im Waldorf Astoria, Mary Beth. Die Stadt ist mehr als eine Meile entfernt. Das hier ist nur ein kleiner Vorgeschmack vom Paradies im lieblichen Misery.“ Clarence zwinkerte Mary Beth zu. Das hatte den erhofften Effekt.

Sie errötete tief, ihre dicken Lippen öffneten sich verblüfft. Sie wußte zwar an ihre Stammgäste auszuteilen, aber wenn Clarence den Spieß umdrehte, war sie hilflos.

„Das heißt Missouri, für alle, die nicht von hier sind“, sagte Mary Beth über die Schulter, nahm den Bestellzettel und ging mit schwingenden Hüften Richtung Küche.

„Nicht von hier?“ Der Mann, der am nächsten saß, drehte sich Clarence zu und beäugte ihn mißtrauisch.

„Ja, ich kam vor etwa zehn Jahren nach Kansas. Hier wird man mindestens die ersten dreißig Jahre als Fremder angesehen, und so lange ist man für die Einheimischen ein wurzelloser Mensch.“ Clarence betrachtete den anderen. Er mußte Lastwagenfahrer sein. Die Sorte mit fleischigen roten Händen, rötlichem Gesicht, ebensolchen Armen und dickem Nacken. „Ich bin hier Stammgast, seit ich meine Collegeprüfung gemacht habe.“

„Oh.“ Der Mann grunzte und nickte zufrieden.

„Unser Clarence ist ein Künstler. Wird noch mal ganz berühmt. Erzähl’s ihm, Clarence“, drängte Mary Beth.

„Laß gut sein, Mary Beth“, murmelte Clarence ärgerlich. Er verzog gequält das Gesicht und starrte Mary Beth mit zusammengekniffenen Augen an.

Verdammt empfindlich heute, dachte sie und schenkte eilig Kaffee nach.

Clarence richtete seine Aufmerksamkeit auf die Zeitschrift, die er mitgebracht hatte. Er las den Artikel noch einmal und fühlte, wie seine Hände feucht wurden, als er in die ruhigen, zuversichtlichen Augen von David Haeres blickte. Das Hochglanzfoto und der ganzseitige Artikel erklärten Haeres zum besten, intelligentesten und aktuellsten Künstler der Stadt.

Als Mary Beth das Essen brachte, legte Clarence die Zeitschrift mit der Titelseite nach unten auf den Tisch. Sie beobachtete ihn, wie er das saftige Hühnerfleisch zerlegte. Sie mochte seine Freude am Essen.

„Hast du wieder Arbeit? Ist es was Festes?“ fragte sie interessiert.

„Vielleicht für eine Weile. Wieder mal für die Reiling-Gruppe. Sie haben mehr Arbeit, als ihre Angestellten bewältigen können. Die Bezahlung war auch immer ganz gut.“

„Prima. Hoffentlich klappt es diesmal.“

„Es wird klappen, solange ich keinen Vorgesetzten habe, der meint, er wäre King Kong“, sagte Clarence und erinnerte sich an einen Zusammenstoß mit einem Vorgesetzten im letzten Herbst, bloß weil er zu spät gekommen war.

„Du mußt dich zusammenreißen, Clarence. Das müssen wir alle“, flüsterte Mary Beth ihm zu und ging zur Anrichte. „Wie macht sich das Holzgeschäft? Hast du was verkaufen können?“ Sie griff nach einem feuchten Lappen und wischte die Kaffeemaschine ab. Sie mochte Clarence, wie sie alle ihre Stammgäste mochte. Sie wollte ihn bei guter Laune sehen. Um den kargen Lohn, den sie bekam, aufzubessern, war sie von Trinkgeldern abhängig. Wenn Clarence wieder Arbeit hatte, war er vielleicht großzügiger zu ihr.

„Mary Beth, hast du die Angewohnheit, Salz in Wunden zu streuen?“ warnte sie Clarence und schob eine Portion Kartoffelbrei in den Mund.

„Nein“, sagte sie ruhig.

„Wenn sich was Interessantes ereignet, erzähle ich es. Das verspreche ich. Einverstanden?"

„Klar", erwiderte sie.

Clarence drehte die Zeitschrift um und las den Artikel noch einmal. Auf seinem Gesicht breitete sich ein bedrohliches Grinsen aus.

Er wußte nicht, ob Mr. David Haeres wirklich der aktuellste Künstler in Kansas City war oder nicht. Er wußte nur, daß er bald der toteste sein würde. Er fühlte sich gut. Er würde Mary Beth verzeihen und ihr heute einen Dollar Trinkgeld dalassen.

# 12

Carla Brighton hatte den beschwingten, energischen Gang, der jungen Frauen mit strahlenden Augen eigen ist. Es machte ihr nichts aus, besserer Laufbursche zu sein, hier und dorthin geschickt zu werden, um etwas abzuholen oder zu liefern, das die Arbeitsgruppen oder der Chef, Mr. Bill Reiling, benötigten. Daß sie den Job bekommen hatte, war ein Geschenk der Göttin, denn ihr Vater hatte Marthas Liebesbriefe gefunden und sie daraufhin enterbt.

Reiling Brothers, Putz- und Reinigungsgesellschaft, war eine der größten Firmen für Hausmeisterdienste und Gebäudereinigungen in Kansas City und Umgebung. Aber Carla interessierte sich nicht für die Geschäftsbilanz. Ihr war wichtig, daß Bill Reiling ihr Arbeit gab und ab Mittag frei, um die Vorlesungen zu besuchen. Noch zwei Jahre bis zum Abschluß in Anthropologie, dann konnte sie sich weiter qualifizieren. Der Job hatte es ihr und Martha ermöglicht, zusammenzuziehen. Sie hatten sich versprochen, immer füreinander da zu sein. Das Leben war süß.

Es war Mittwochmorgen, der Tag, an dem es immer die meiste Arbeit gab. Reklamesendungen mußten zur Post gebracht, Fracht vorbereitet, Vorräte abgeholt und fürs Lager inventarisiert werden. Carla rannte durch die Büros, schnappte sich die Postwurfsendungen, Schachteln, Pakete und Laufzettel von den Schreibtischen und türmte alles auf ihre bereits überladenen Arme. Mit dem weißen Sonnenschild, der ihre schwarze Haarmähne zurückhielt, und der lässig über die Schulter geworfen roten Windjacke sah sie aus wie ein Jockey, der zu seinen Pferden eilt. Sie rannte zum Parkplatz. Päckchen und Papiere ergossen sich aus ihren Armen auf den Boden des winzigen blauen Lieferwagens. Sie runzelte die Stirn, später mußte sie alles wieder sortieren.

Carla steckte die Hand in die Tasche ihrer Jeans und suchte nach dem Wagenschlüssel. Sie fand ihn und fünfzig Cent. Sie sah auf die Münze, dachte an die durstige Fahrt durch die Stadt und rannte zurück, um sich ihren morgendlichen Vorrat an kaltem Coffein vom Automaten zu holen.

Sie nahm keine Notiz von dem Mann, der sich aus der Gruppe der Arbeiter löste und zu ihrem Lieferwagen ging. Er warf etwas in den Wagen, bückte sich, um sich die Schuhe zu binden, und schlenderte weiter. Keiner der Hilfsarbeiter, die eben ihre Schicht antraten, würde sich später daran erinnern. Er wartete zusammen mit ihnen auf den Bus, der sie zu ihren Arbeitsstellen bringen sollte. Die Herumtreiber, Hafturlauber, Aussteiger und Pechvögel hatten mit sich genug zu tun. Sie gaben sich große Mühe, einander zu ignorieren, keinen Kontakt aufzunehmen oder Fragen zu stellen. Das Leben hatte sie gelehrt, daß es sich nicht auszahlte, wenn man sich auf andere einließ. Sie mußten sich auf ihre Anonymität verlassen, die sie zur gesichtslosen Masse werden ließ, für die sich weder die Staatsgewalt noch sonst jemand interessierte.

Carla kam mit großen Schritten zum Wagen zurück, öffnete die Tür und fing an, das Durcheinander von Papieren und Päckchen zu ordnen, all die Dinge, die sie vorhin achtlos auf die Ladefläche geworfen hatte. Windstöße zerrten an den Sachen, sie versuchte, sie mit den Händen zu schützen. Wütend legte sie die herumflatternden Dokumente auf das Wagendach und beschwerte sie mit einem Päckchen. Dann räumte sie weiter und kletterte schließlich auf den Fahrersitz. Sie wollte fertigwerden.

Sie ließ den Motor an und setzte zurück. Das auf dem Autodach vergessene Päckchen und die Papiere rutschten zu Boden und wurden vom Vorderreifen zerdrückt.

Eine gewaltige Explosion schleuderte den Lieferwagen in die Luft. Die Schwerkraft setzte ihn wieder auf das Pflaster. Die Männer, die auf den Bus gewartet hatten, spritzten auseinander. Sekretärinnen, Buchhalter und beide Reiling-Brüder kamen auf den Parkplatz gerannt, wo sie Augenzeugen wurden, wie Carla aus der rauchenden Fahrerkabine fiel. Sie kroch und hastig vom Wagen weg. Die erschrockenen Angestellten zögerten einen Moment, dann rannten sie ihr zu Hilfe.

Tru kam dazu, als der Krankenwagen gerade vom Parkplatz der Firma Reiling Brothers abfuhr. Es war ein Chaos von Sanitäts- und Feuerwehrfahrzeugen, Einsatzwagen des Technischen Hilfswerks, Streifenwagen und zivilen Polizeiautos. Polizei und Feuerwehr hatten sich anscheinend um die Wette bemüht, den Bereich abzuriegeln. Die Menschenmenge stand in weitem Kreis um den zerstörten Lieferwagen. Dort lag er, etwas verloren, von grellgelben Absperrbändern umgeben. Die schwarzen Buchstaben TATORT. KEIN ZUTRITT und die rot und schwarz blinkenden Lettern FEUERWEHREINSATZ. KEIN DURCHGANG wetteiferten um die Aufmerksamkeit der Zuschauer. Streifenpolizisten bemühten sich, Reporter, Schaulustige und potentielle Zeugen vom Tatort und voneinander fernzuhalten.

Tru umging die Menschenansammlung, stieg über Feuerwehrschläuche, Absperrungen und flatternde Bänder und ging auf den zerstörten Wagen zu.

„Was ist passiert, Bob?" fragte sie. Schon als Polizeianwärter hatten die Kollegen Bob Jones den Spitznamen Dino gegeben, wegen seiner Größe von einsfünfundneunzig und seines Gewicht von knapp hundertfünfzig Kilo. Er war durch und durch anständig, zu keiner Gemeinheit fähig, aber auch ein Spaßvogel.

„Tru, altes Mädchen! Was machst du hier an diesem schönen Morgen?" Er strahlte sie fröhlich an. Ungeachtet seiner schwerfälligen, gutmütigen Art war Jones einer der besten Ermittler im Bundesstaat. Sein freundliches Wesen hielt Gespräche, Ermittler und Zeugen in Trab.

„Hör auf mit dem Quatsch. Sprich mit mir. Meinst du, mein Bombenattentäter steckt dahinter?"

„Mag sein. Komm mit." Er führte sie zu den Überresten des Wagens. „Erstaunlicherweise ist das Mädchen, das den Wagen fuhr, nicht umgekommen. Der Reifen hat den Schlag offensichtlich gedämpft, und durch die Zwischenwand war sie vor Metallprojektilen geschützt." Er zeigte auf die herausgerissene Platte und den offenen Motorraum. Die Windschutzscheibe aus Sicherheitsglas hatte standgehalten und sich in ein Spinnwebnetz verwandelt.

„Sie lebt?" fragte Tru verwundert. Künstler und Lieferwagen? Sie sah keinen Zusammenhang.

„Ja, sie lebt. Aber unbeschädigt ist sie nicht davongekommen. Sie hat schreckliche Kopfschmerzen, wahrscheinlich eine Gehirnerschütterung. Die Ärzte machen sich Sorgen über einen möglichen dauerhaften Gehörverlust. Sie saß fast auf dem Ding, als es hochging. Ein Wunder, daß sie und der Wagen nicht Feuer fingen."

„Glück gehabt, die Dame“, meinte Tru und pfiff leise. „Wohin hat man sie gebracht?“

„Ins Troost-Hospital. Als ich kam, war sie bewußtlos. Wird wohl eine Weile dort bleiben. Kriegst du den Fall?“

„Wenn Rhonn etwas zu sagen hat und es eine Verbindung gibt zu dem Mann, den ich suche, möglicherweise“, sagte Tru und betrachtete die Szene.

„Aber dies paßt nicht in die Geschichte, nicht wahr?“

„Keine Ahnung. Auf den ersten Blick nicht“, seufzte Tru. „Aber es ist noch zu früh, etwas zu sagen.“ Sie zog ein Notizbuch aus ihrer Tasche.

„Sehen wir zu, daß wir einander nicht in die Quere kommen. Ich glaube, in zwei von drei Fällen halt ich dich aus.“ Bob klopfte ihr mit seiner Riesenfaust auf die Schulter. Tru schwankte unter dem Hieb. „Verzeihung“ rief er und lachte schallend.

„Wenn du mich noch einmal anfaßt, mußt du mich heiraten“, warnte sie ihn und versuchte, sich den Schmerz nicht anmerken zu lassen. „Der Mann ist gefährlich“, murmelte sie und machte eine Skizze des Tatorts.

„Ach übrigens“, sagte sie aus sicherer Entfernung zu Jones. „Was ist mit dem Rad passiert?“

„Es wurde von der Achse geschält wie die Haut von einer faulen Traube. Es flog sieben Meter weit und knallte auf ein anderes Fahrzeug. Bei dem Lieferwagen da drüben liegt es“, gab Bob bereitwillig Auskunft.

Tru sah den platten Reifen, der zum Teil noch an der verbogenen Felge hing, und beschloß, ihn später genauer zu untersuchen. An den Überresten des explodierten Päckchens war sie mehr interessiert. Sie bat die Techniker der Spurensicherung um eine Kopie ihrer Berichte, ging zu ihrem Auto, griff nach einer winzigen Kamera und hängte sie sich um den Hals. Sie wollte sie zur Hand haben, um jederzeit Fotos machen zu können. Sie ging zurück und sah sich weiter am Tatort um.

Nach einer Stunde hatte Tru ein halbes Notizbuch mit Geschichten der Reiling Brothers-Angestellten, fünf Skizzen des Tatorts und Lageskizzen der Hauptbeweisstücke vollgekritzelt. Sie hatte den Polizeifotografen gebeten, einige Aufnahmen zu machen, und von der Verwaltung eine Liste aller Angestellten der Reiling Brothers in den letzten zwei Jahre verlangt. Sie ging im Geist die wichtigsten Punkte durch und schritt den Platz noch mal ab.

Die Menge hatte sich über die Straße verteilt und stand in dichten Gruppen um die Fahrzeuge der Medien. Fernsehteams hielten an verschiedenen Stellen der Absperrung Hof. Die lokalen Fernsehgrößen waren von Fans umlagert, die Übertragungswagen der Radioreporter wurden ignoriert.

Von ihrem Standpunkt neben dem zerstörten Wagen betrachtete Tru kopfschüttelnd die Szene. Wie Gewalt, Chaos und Katastrophen die Leute faszinierten, erstaunte sie immer wieder. Die Katastrophentouristen verletzten ihr Gefühl für Anstand. Wenn sie die Wahl hätte, würde sie lieber eine einsame Küste entlangwandern. In einem Anfall von Rachedurst hob sie ihre Kamera und knipste willkürlich in die Menge der schaulustigen Einfaltspinsel.

Der Spurensicherungsspezialist hatte die Spur des zerfetzten Reifens nachgezeichnet, fotografiert und so für später gesichert. Tru begab sich dahin, wo der Reifen lag, und ging in die Hocke, um ihn genauer zu betrachten.

„Kann ich ihn anfassen?“ rief sie Bob Jones zu, der mit den Technikern sprach.

„Ja, wir sind fertig. Wir werden ihn nicht mitnehmen.“

Tru sammelte die Überreste des Reifens und der Felge ein. Der verbrannte schwarze Gummi verschmierte ihre Hände. Sie untersuchte die Stelle, wo der Kontakt mit der Bombe stattgefunden hatte. Die Explosion hatte die Hälfte des Gummis und das metalldrahtverstärkte Reifenprofil weggesprengt. Einiges davon war ins Innere des Reifens gepreßt worden. Sie griff hinein und tastete an der weichen Innenwand entlang. Kurz bevor ihr Ellbogen in dem aufgerissenen Schlund verschwand, berührten ihre Fingerspitzen etwas, das sich wie ein trockenes Blatt anfühlte. Reifen sind nicht mit trockenen Blättern ausgestopft, meldete ihre innere Stimme. Doch, sie sind voll davon, wenn sie hineingeblasen werden, antwortete sie.

Langsam und vorsichtig tastete sie nach dem Material und zog es aus dem Reifen heraus. Ein brüchiges, angesengtes Stück Packpapier kam zum Vorschein. Sie starrte bewegungslos auf den verkohlten Fetzen Papier. Ungeschickt geschriebene Buchstaben standen darauf.

„Bob“, flüsterte sie. Plötzlich wurde ihr die Kehle eng. „Bob!“ Mit einer heftigen Kopfbewegung bedeutete sie ihm, herzukommen. Sie fürchtete, das Papier würde sich vor ihren Augen auflösen, wenn sie sich bewegte, es anfaßte oder niesen mußte.

„Weshalb die Aufregung?“ fragte Bob ungeduldig, als er neben sie trat.

„Sieht das aus wie ein Adreßaufkleber?“

„Herr des Himmels“, rief er und winkte die Techniker herbei.

„Nicht der Herr, sondern jemand, den wir kennenlernen müssen“, sagte Tru. Der Techniker hielt eine kleine Plastiktüte auf, in die sie den Aufkleber hineinfallen ließ.

***

„Du gottverdammter..." Clarence jagte seinen Lieferwagen über die Paseo-Brücke und schrie gegen die Musik an. „Du Trottel!" Tränen der Frustration und der Angst traten ihm in die Augen. Das Bild der zierlichen Polizeibeamtin, wie sie über den Parkplatz ging, stand vor ihm. Er war an der Unfallstelle gewesen und hatte sich gut unterhalten. Er hatte den herumfuhrwerkenden Polizisten zugesehen. Ein Zirkus, mit Polizisten als Clowns. Aber er hatte zu lange gewartet und wie ein mächtiger Zirkusdirektor genüßlich die umherhastenden Gesetzesdiener beobachtet.

Die unerklärliche Detonation des Päckchens hatte ihn zuerst in Panik versetzt, er war mit den erschrockenen Arbeitern weggerannt. Er hatte glücklich seinen sicheren Wagen erreicht und im Handschuhfach eine halbvolle Flasche Scotch gefunden. Zwei tiefe Schluck von der faßgereiften Wohltat halfen ihm, seine Angst unter Kontrolle zu bringen.

Menschen quollen aus den Häusern, der Verkehr wurde umgeleitet, Sirenen heulten in der Ferne. Er hatte sich in den Wagen gesetzt und versucht, sein hämmerndes Herz zu beruhigen. Er beobachtete, wie die Menge respektvoll den Ort der Explosion umschwärmte. Versteck dich unter aller Augen, sagte er sich schließlich. Versteck dich unter aller Augen, und sie werden dich nicht von den anderen Zuschauern unterscheiden. Er hatte sich mit zwei weiteren Schlucken Mut gemacht und sich unter die Schaulustigen gemischt.

„Idiot. Verdammter Idiot", brüllte er nun, als er über den Highway raste. Er war voll in die Falle getappt, die die Hexe für ihn ausgelegt hatte.

„Sie hat es geschafft", schrie er. Er erinnerte sich, wie er beim Übertragungswagen des Lokalradios herumgelungert war und über die Mätzchen des „Reporters vor Ort" gelacht hatte. Er hatte sich beglückwünscht, daß er den Kameraschwenks der Fernsehteams ausgewichen war.

Dann sah er sie. Sie hielt einen kleinen, metallischen Gegenstand an ihr Gesicht. Er starrte sie an und überlegte, was sie vorhatte. Er hatte schon vorher beobachtet, wie sie ziellos umherwanderte wie ein desorientierter Schmetterling, ihr aber weiter keine Aufmerksamkeit geschenkt. Er sah, wie sie sich umdrehte und das silbern schimmernde Ding auf ihn richtete. Dann wurde ihm der Sinn der Bewegung schlagartig bewußt.

„Scheiße, verdammte Scheiße", rief er und ließ den Wagen gefährlich schlingern.

Sie hatte eine Kamera in der Hand gehalten und Fotos gemacht. Ihm war schlecht geworden vor Angst, seine Knie hatten gezittert. Er war wie am Boden festgenagelt stehen geblieben. Ihre Kamera knipste und knipste, während er wie versteinert dastand.

„Das wird sie mir büßen, ich schwör's, sie wird es mir büßen." Racheschwüre brüllend fuhr er nach Hause.

# 13

„Was zum Teufel haben Sie getrieben?" Captain Rhonns Gesicht war eine dunkelrote Maske aus hohem Blutdruck. Sein Gebrüll brachte die Bürofenster zum Klirren. Tru ließ Lärm und Wut ungerührt an sich abgleiten.

„Hatten Sie Gelegenheit, meinen Bericht zu lesen?" begann sie mit leiser, fester Stimme. Mit der rechten Hand umklammerte sie die Armlehne des Sessels, damit sie nicht aufsprang und ihm auf den Mund schlug.

„Der Bericht ist mir verdammt egal. Ich habe Sie etwas gefragt. Wieder geht eine Bombe hoch, und was erhalte ich? Eine Ermittlung? Einen gründlichen Bericht? Einschätzungen über den verrückten Täter? Nein! Das einzige sind Sie und Bob im Fernsehen, aussehend wie zwei Pechvögel aus einem Comic." Captain Rhonn sank wütend in seinem Stuhl zusammen.

„Das Labor", fing Tru an, „hat alles, was wir am Tatort gefunden haben. Ich habe mit Haeres gesprochen, der das Opfer hätte sein sollen. Ich habe eine Liste erstellen lassen von allen Leuten, die in den letzten beiden Jahren bei Reiling gearbeitet haben, sowie die Namen der letzten beiden Opfer und die Namen aller, die auch nur entfernt mit ihnen zu tun hatten. Sobald ich aus dem Krankenhaus höre, daß die junge Frau, die verletzt wurde, ansprechbar ist, werde ich mit ihr reden." Tru bedeutete Bob, einzuspringen und ihr den Rücken zu stärken.

„Stimmt", sagte Bob. „Wir warten nur darauf, daß uns das Labor etwas liefert." Er blätterte in seinem Notizbuch.

„Etwas liefert! Niemand wird Ihnen das geringste liefern, Sie Idiot. Ich habe den Chef, den zuständigen Ausschuß und die Hälfte des Stadtrats im Nacken. Die Medien haben ihr gefundenes Fressen, und die Jungs vom FBI machen sich in die Hosen vor Erwartung, uns ihren fachlichen Rat geben und uns dann auf jedem Fernsehkanal als Idioten hinstellen zu dürfen. Niemand wird Ihnen etwas liefern außer mir, und ich liefere Ihnen einen Tritt in Ihren fetten Arsch."

„Captain?" unterbrach ihn Tru. „Captain, wir haben einige wirklich gute Spuren. Zum ersten: Die Fahrerin macht in der ganzen Stadt Besorgungen. Ihr Chef, Bill Reiling, sagte, daß sie die Gewohnheit hatte, die Post einzupacken und an irgendeinem Postamt, das am Weg lag, aufzugeben. Ich glaube, der Bombenleger wußte das und hat sie als persönlichen Kurier benutzt."

„Ach ja, meinen Sie?" Rhonn funkelte sie wütend an.

„Ja, das meine ich. Wer er auch ist, er lebt oder arbeitet ganz in der Nähe. Nah und vertraut genug, um die Gewohnheiten der jungen Frau zu kennen und sich ihrer zu bedienen", bekräftigte Tru.

„Es wird Zeit in Anspruch nehmen", warf Bob ein.

„Ruhe, Bob!" kreischte Rhonn.

„Er hat recht, Captain. Im Industriegebiet gibt es fünfzehn Firmen. Alle Angestellten, auch die von früher, Gelegenheitsarbeiter, Passanten und jede Person in der Nachbarschaft können der Gesuchte sein", nahm Tru Bob in Schutz.

„Dann haben Sie nicht das geringste in der Hand."

„Nein, das stimmt nicht", wagte Tru mit fester Stimme

zu widersprechen. „Ich glaube, wir sind näher dran denn je. Und ich glaube, wir kriegen ihn."

„Raus hier. Alle beide!" schrie Rhonn und hieb mit beiden Händen auf die Schreibtischplatte. „Und kommt erst wieder, wenn ihr mir diesen Kerl servieren könnt und zwar mit einer Schleife am Hintern."

Bob rappelt sich von seinem Stuhl hoch, so schnell es seine Größe erlaubte. Tru ließ ihn vorangehen, folgte ihm und murmelte etwas von hohem Blutdruck, der den Captain in den vorzeitigen Ruhestand schicken würde.

„Detective North", rief Rhonn ihr nach.

„Ja?" erwiderte sie, bemühte sich um ein unbewegtes Gesicht und sah ihm in die Augen.

„Detective North. Wenn Sie diesen Kerl nicht kriegen, wenn Sie die Sache vermasseln und noch jemand umkommt, wird Ihr Dienstabzeichen auf meinem Schreibtisch liegen und Ihr Hintern auf der Straße sitzen. Das ist keine Drohung, das ist ein Versprechen."

„Da bin ich mir ganz sicher, Captain", sagte Tru und fand, daß ihre Hoffnung auf seinen vorzeitigen Ruhestand zu freundlich gewesen war.

Bob wartete besorgt vor der Tür. Sie blieb stehen und bemerkte, daß er sie mit hochgezogenen Augenbrauen ansah.

„Was hast du vor?" fragte er.

„Alles mögliche. Ich muß viele Leute aufsuchen und mit ihnen sprechen und viele Dinge abchecken. Halt du dich an die Jungs vom Labor. Sieh zu, was sie rauskriegen. Und versuch, dem Captain eine Weile aus dem Weg zu gehen. Wie findest du das?"

„Klingt wie ein Plan."

„Der einzige, den ich im Moment habe. Wir bleiben in

Kontakt, um einander auf dem Laufenden zu halten." Tru streckte sich und klopfte ihm auf die Schulter. „Laß dich nicht von ihm beeindrucken, Bob. Er ist ein absolutes Arschloch. Mach deine Arbeit, dann passiert uns nichts."

„Das haben wir von Brinkman, Sommers und Younghons auch gesagt", beharrte Bob.

„Diesmal wird nichts passieren", sagte Tru im Versuch, sich und Bob aufzumuntern. Sie wußte, daß er sich um seine Familie und die Pension, mit der er fest rechnete, Sorgen machte. Sie wollte nicht, daß er nach dreißig Dienstjahren einen Job als Wachmann annehmen mußte, um über die Runden zu kommen. Sie wollte aber auch dem Captain keine Gelegenheit mehr geben, sie zum Sündenbock zu machen.

Bob begleitete sie zu ihrem Schreibtisch, und sie nahm ihre Mappe an sich. Eigentlich wollte sie sich noch einmal mit ihren Notizen befassen, beschloß dann aber, nach Hause zu gehen und die Informationen in den Computer einzugeben.

„Ruf mich an, wenn es etwas Neues gibt. Okay?"

„Klar", sagte Bob, seufzte schwer und verließ das Büro.

Am späten Abend hatte Tru alle Informationen, die sie gesammelt hatte, in ihrem Computer gespeichert. Bis um zehn hatte sie an dem Programm gearbeitet, das sie für die Abgleichung der Namen, Daten, Firmen und Opfer einsetzen wollte. Ihr Kopf fühlte sich an wie mit Brei gefüllt. Sie suchte das Programm nach Fehlern ab, und als sie mit der dritten Inspektion fertig war, klingelte das Telefon.

„Hallo?" meldete sie sich.

„Tru?"

„Ja?"

„Marki hier, Tru. Wie geht es Ihnen? Sie hören sich so fremd an."

„Ich habe gearbeitet."

„Klingen Sie immer so zerstreut, wenn Sie an etwas arbeiten?"

„Ja, schon, ich weiß nicht. Es hat mit Konzentration zu tun und mit dem Aussteigen aus der Gegenwart. Vielleicht ist es das."

„Verstehe. Ich rufe an, weil ich Sie in den Nachrichten gesehen habe. Sie haben übrigens sehr gut gut ausgesehen." Marki hatte mit Bewunderung verfolgt, wie Tru ruhig und selbstbewußt auf die bohrenden Fragen der Reporter geantwortet hatte, und sich dabei ertappt, wie sie den Bildschirm anstrahlte. Sie staunte über Trus Fähigkeit, sich so zugeknöpft zu geben. Die Tru im Fernsehen hatte nicht das geringste mit der zu tun, an die Marki sich von ihrer ersten Begegnung erinnerte. Der Kontrast war faszinierend.

„Habe ich Sie wieder zum Erröten gebracht?" Marki lachte.

„Nicht in dem Maß, daß Sie es an Ihrem Ende der Leitung bemerken könnten", gab Tru zurück.

„Es ist noch nicht zu spät. Ich könnte zu Ihnen kommen, und wir könnten ausprobieren, ob ich es schaffe, wenn ich leibhaftig da bin."

„Ich... ich weiß nicht recht. Es ist ziemlich spät."

„Wirklich? Es ist nie zu spät, jemand bis zu den Zehen zum Erröten zu bringen. Wissen Sie, daß Erröten gesund ist?" neckte Marki.

„Ich könnte nicht sagen, daß ich es wußte." Tru merkte, wohin das Gespräch zielte.

„Es stimmt aber. Es öffnet die Poren, beschleunigt den

Blutkreislauf und wärmt. Das umfassende Erröten eines guten Orgasmus ist am bekömmlichsten."

Ein Schauer des Begehrens überflutete Tru. „Ist das einer dieser obszönen Telefonanrufe, von denen ich schon mal gehört habe?"

„Nur wenn Sie mich nicht einladen, Ihnen persönlich zu zeigen, wie es funktioniert. Es wäre wunderbar, Sie im Arm zu halten. Es könnte Stunden dauern."

Tru merkte, wie sie zögerte. Markis Anspielungen schwächten ihren Widerstand. Und da war die Erinnerung an Markis Berührung. Der Gedanke, wieder so berührt zu werden, breitete sich in ihrem Kopf aus. Sie leckte sich die Lippen und stand auf, um besser atmen zu können.

„Tru, sind Sie noch da? Ich könnte in zwanzig Minuten bei Ihnen sein."

„Ja, ich bin noch da", sagte Tru. Sie bemühte sich, das Verlangen nicht wieder aufflammen zu lassen.

„Nun, soll ich kommen?"

„Es geht nicht, es ist zu spät. Außerdem sind wir für Freitag verabredet, nicht wahr?"

„Ja, aber das ist nicht das gleiche."

„Sie haben gesagt, daß wir uns langsam kennenlernen wollen. Was Sie jetzt vorschlagen, klingt anders." Tru wollte das Gespräch in weniger intensive Bahnen lenken.

„Kennenlernen hat eine Menge verschiedener Bedeutungen, meine liebe Miss Tru. Zum Beispiel verlocken, reizen, überreden, verführen."

„Freitag ist doch schon übermorgen. Ich finde, wir könnten es langsam angehen. Sie nicht auch?"

„Ganz wie Sie wünschen. Mir ist es recht, jedenfalls im Prinzip", sagte Marki freundlich. Sie wußte, daß sie in Tru einen tiefen Hunger berührt hatte. Das erregte sie. Sie würde Geduld haben müssen. Aber das steigerte nur die Spannung.

„Dann also bis Freitag."

„Punkt acht."

„Gern. Gute Nacht."

„Gute Nacht, Tru."

Tru legte auf und holte tief Luft, um die Empfindung abzuschütteln, die von ihr Besitz ergriffen hatte. Sie mußte wieder an die Arbeit. Sie ging zum Computer und setzte sich vor den Bildschirm. Ein paar kleinere Anpassungen und schnelle Überprüfungen gaben dem Programm den letzten Schliff. Tru drückte ENTER und schaltete den Monitor aus.

„So. Jetzt streng deine kleinen Chips an und liefere mir etwas Nützliches", ermahnte sie den summenden Computer und ging ins Schlafzimmer. Poupon, der auf der Couch sein Schläfchen hielt, wachte auf und folgte ihr.

Tru kroch ins Bett und fiel in einen erschöpften Schlaf. Im Traum gingen Markis Verführung, Rhonns Gebrüll und das Geräusch in der Ferne detonierender Bomben durcheinander. Von allen Seiten drängten sich Körper an sie heran. Ihre Arme und Hände bewegten sich unruhig über ihren nackten Körper. Sie kämpfte mit der Bettdecke und warf sie zu Boden, während sie von den geheimnisvollen Händen einer Frau erbeutet wurde. Die Nacht hielt sie zärtlich umarmt, sie bäumte sich auf und stöhnte.

# 14

Sie hatten ihn nicht geholt. Noch war er sicher. Noch konnte er sich in Sicherheit bringen. In seiner Angst hatte er angefangen, wie wild zu packen und auszusortieren, was er mitnehmen wollte. Seine Werkzeuge und Waffen, ein paar Klamotten und Essensvorräte füllten einen großen Teil des Campingaufbaus, den er auf die Ladefläche seines Transporters gestellt hatte. Er wollte ihnen nicht die Gelegenheit geben, ihn einfach festzunehmen. Er wollte Zeit haben, einen angemessenen Preis herauszuschlagen.

Gegen Mitternacht war er ruhiger, konzentrierter geworden. Er hatte das Instrument seiner Rache gefunden. Sie würden nichts dagegen tun können. Marie wäre stolz gewesen.

„Wenn du willst, daß es gut gemacht wird, mußt du es selber tun", summte er vor sich hin, als er die Seiten des Buches aufschnitt. Er hatte eine gebundene Ausgabe der Gedichte von Yeats ausgesucht. Es war ein poetisches Instrument. Das kleine Luder von Detektivin würde nicht den geringsten Verdacht schöpfen. Gefährliche Literatur? Ein Geschenk von einem Verehrer würde im Büro zwar Neugier erregen, aber nicht den Hauch eines Verdachts.

Er lächelte dünn, während er mit dem Skalpell das Buch aushöhlte. Zehn Millimeter tief, fünfzig breit und fünfzig lang, das reichte für den Zündmechanismus. Hundert Gramm Sprengstoffmasse würden ihr den Kopf vom

Körper pusten. Wenn er Glück hatte, traf es vielleicht sogar noch einige ihrer Kollegen mit.

Morgen würde er es zur Post bringen. Ein kleines nächtliches Vergnügen, das sie dann am Montag begrüßen würde. Er würde auf dem Postamt ein Stück Verpackungsfolie kaufen, ein wenig mit dem Beamten plaudern und dann den Idioten selbst die Marken aufkleben lassen. Danach würde er sich ein paar Flaschen Bier kaufen, heimfahren und in aller Seelenruhe auf die Bilder im Fernsehen warten.

Er wünschte keine weiteren Fehler. Keine Pannen. Nie wieder würde er sich zum Narren anderer Leute machen. Er würde die Polizeibeamtin überraschen und solche Panik auslösen, daß er ungesehen aus Missouri verschwinden konnte.

„Im Jenseits sehen wir uns wieder", sang er der Detektivin als Requiem.

# 15

Freitagmorgen wurde Tru um sechs vom Läuten des Telefons geweckt, das auf dem Nachttisch stand. Sie rappelte sich aus ihren Träumen hoch und griff zum Hörer.

„Ja?“ murmelte sie benommen.

„Detective North? Hier spricht Schwester Sapples vom Troost-Hospital. Sie wollten benachrichtigt werden, wenn Carla Brighton aufwacht“, erklärte eine forsche Stimme.

„Sie ist wach? Es geht ihr gut?“ Dumme Frage. Tru rollte sich herum, und Poupon protestierte, als sie ihn dabei versehentlich zu Boden schubste.

„Sie ist wach, ihr Zustand ist stabil und bessert sich stetig. Sie stand unter einem schweren Schock.“

„Ja, ich weiß. Wie steht es mit ihrem Gehör?“ Tru überlegte verschlafen, wie sie ihre Fragen stellen würde, wenn Carlas Gehör zerstört wäre. Dummerchen, schriftlich natürlich, antwortete die kleine Stimme. Ich brauche wirklich eine Tasse Kaffee, bevor ich mich mit jemandem unterhalten kann.

„Es ist noch zu früh, über dauerhaften Gehörverlust urteilen zu können. Aber sie hat auf alle unsere Fragen geantwortet. Wir haben die Fragen natürlich bewußt einfach gehalten.“

„Okay, in etwa einer Stunde bin ich da. Bitte sagen Sie ihr, daß ich komme.“

„Selbstverständlich, Detective.“

Tru rannte ins Bad und nahm eine schnelle, augenöffnende Dusche. Sie rubbelte die Haare trocken und betrachtete sich im Spiegel. Der Anblick machte ihr deutlich, daß sie etwas tun mußte, wenn sie der armen Carla Brighton nicht einen weiteren unverdienten Schock versetzen wollte.

Sie zog eine leichte Wollhose an, ein blaues Baumwollhemd und flache schwarze Schuhe. Ihre dunkelblaue Lieblingsjacke vervollständigte das Outfit. Sie sah noch einmal in den Spiegel, und das Ergebnis erfüllte sie mit einiger Erleichterung.

„Poupon, wo immer du dich versteckst, komm raus. Hör auf, beleidigt zu sein, und hol dein Frühstück", rief sie den Kater.

Als sie sich auf den Weg in die Küche machte, erinnerte sie sich an den Computer. Er summte auf dem Schreibtisch friedlich vor sich hin.

„Was hast du für mich herausgefunden?" fragte sie und schaltete den Bildschirm ein. Am Ende der zwanzigsten Seite stellte sie fest, daß der Computer ein paar der erhofften Verknüpfungen gemacht hatte.

Er hatte zwanzig Namen von Leuten zusammengetragen, die mit einem oder mehreren der Opfer oder mit den Galerien und Firmen des Industrieparks Kontakt gehabt hatten. Von den zwanzig Namen erschienen vier zweimal oder öfter und paßten in alle Charakteristiken: Jason Harding, Thomas Zoleberg, John Malory und Clarence Berenger. Es war eine gute, eine präzise Liste, mit der sie etwas anfangen konnte. Sie hoffte, daß ihre Bastelei wirklich etwas gebracht hatte.

Tru sah auf die Uhr und entschied, daß sie Bob Jones so früh noch nicht anrufen konnte. Er würde erst gegen acht im Büro sein. Sie stopfte die Liste in ihre Brusttasche und rannte zu ihrem Auto.

***

Schnell fand sie im Krankenhaus Carlas Zimmer im fünften Stock. Ein Angestellter eines privaten Sicherheitsdiensts hatte es sich vor der Tür in einem Sessel bequem gemacht und las Zeitung. Er machte keinen besonders aufmerksamen Eindruck. Ihm gegenüber saß eine übermüdet und besorgt wirkende junge Frau.

„Was tun Sie hier?“ fragte Tru den Wachmann. Als sie ihre Dienstmarke vorwies, war er schnell ganz konzentriert. Die junge Frau auf dem Stuhl schien sich ebenfalls ein wenig zu beleben, als Tru ihr zunickte.

„Die Familie hat mich angeheuert. Oder besser, sie hat meine Firma angeheuert, um Ms. Brighton zu schützen.“

„Und wer sind Sie?“ fragte Tru die junge Frau.

„Ich bin Martha Zweig, Carlas... Carlas Freundin“, antwortete die zögernd.

„Wenn Sie eine Freundin sind, was machen Sie dann hier draußen? Warum sind Sie nicht bei ihr?“

Martha starrte den Wachmann böse an. „Er will mich nicht hineineinlassen“, erklärte sie.

„Und?“ fragte Tru den Wachmann. „Warum lassen Sie sie nicht hinein?“

„Weil das mein Auftrag ist. Ms. Brightons Vater sagte sehr deutlich, daß Presse, Neugierige und eine gewisse Ms. Zweig von seiner Tochter ferngehaltenwerden sollen. Nur Krankenhauspersonal, Polizei und Angehörige. Keine sogenannten Freundinnen.“ Er hob sein Kinn in Richtung Martha Zweig.

Tru blickte Martha an und sah in den Augen der jungen Frau Tränen aufsteigen. „Sie gehören zur Familie, nicht wahr, Martha?"

„Ja, Madam. Ihr Vater hat sich einen Dreck um sie gekümmert, bevor dies passierte. Sie hatte über drei Monate nichts von ihm gehört."

„Von wegen Familie", warf der Wachmann ein. „Ich habe gehört, daß die beiden Früchtchen wie Mann und Frau zusammengelebt haben."

„Das reicht, Arschloch." Tru merkte, wie die Wut in ihr hochstieg. „Sie bleiben hier sitzen und halten Ihr Schandmaul, oder ich teile Ihrer Firma mit, daß Sie polizeiliche Ermittlungen behindern. Kapiert?"

Der Wachmann verstummte erschrocken und nickte.

„Los, Martha. Sehen wir nach, wie es Carla geht." Tru gab Martha ein Zeichen, ihr ins Krankenzimmer zu folgen.

„Moment mal..." fing der Wachmann an und erhob sich vom Stuhl.

„Was habe ich gesagt?" fragte Tru drohend.

Er setzte sich wieder und beschäftigte sich mit seiner Zeitung. Tru begleitete Martha in Carlas Zimmer. Sie hatte die Tür noch nicht geschlossen, da hörte sie die Freudenschreie der beiden jungen Frauen.

Tru blieb verlegen an der Tür stehen. Sie wollte Carla und Martha einen Augenblick allein gönnen. Sie sah zu Boden und versuchte, deren leidenschaftlich besorgte Konzentration aufeinander zu überhören.

„Ms. Brighton", unterbrach sie schließlich das ausgelassene Paar. „Ms. Brighton?"

„O Carla, diese wunderbare Frau hat erreicht, daß mich der blöde Aufpasser reinkommen ließ. Sie ist ein Cop!" sagte Martha aufgeregt.

„Was?" fragte Carla und starrte Tru an, dann Martha, dann wieder Tru.

„Sie ist ein Cop", sagte Martha lauter und näher an Carlas Ohr.

„Oh." Carla lächelte Tru an. „Wollen Sie mich was fragen?" Sie sprach lauter als nötig. In ihren Ohren dröhnte es, weil die Trommelfelle verletzt waren.

Tru nickte, nahm ihren Notizblock heraus und trat ans Bett. Lautes Rufen hielt sie für alle Beteiligten zu anstrengend. Sie schrieb drei Fragen auf und reichte Carla den Notizblock.

„Nein, ich habe niemanden bei meinem Lieferwagen gesehen, bevor er in die Luft ging. Ja, wir haben immer Päckchen aller Art auszuliefern. Nein, mit Kunst kenne ich mich überhaupt nicht aus, außer sie hat etwas mit Alt-Mittelamerika zu tun", antwortete sie und gab Tru den Block zurück.

Tru zog die vom Computer erstellte Liste aus der Tasche und kritzelte ein paar Worte darauf.

„Nein, ich glaube, ich kenne niemanden davon, außer der Bürobelegschaft. Ich habe mich nie sehr für die Jungs interessiert, die für die Reilings arbeiten. Jungs interessieren mich nicht", sagte Carla und strahlte Martha an. „Warum haben Sie Martha geholfen?" fragte sie.

Tru lächelte. Sie nahm wieder die Liste, schrieb etwas darauf, riß das Blatt ab und reichte es Carla. Dann ging sie zur Tür und winkte dem jungen Paar zum Abschied zu.

„Was hat sie geschrieben, Carla?" fragte Martha, als Tru verschwunden war.

„Familie, mein Schatz. *Familie* steht da."

***

Zurück im Büro, eilte Tru zuerst ins Labor. Sie wollte wissen, ob sich etwas gefunden hatte, das ihre Liste der Verdächtigen reduzieren könnte. Das Labor war in den drei Kellergeschossen des Hauses untergebracht. Es brachte es fertig, noch öder und deprimierender auszusehen als der Verwaltungsbereich. Das Fehlen von Fenstern, abgestandene Luft und seltsame Gerüche mischten sich beißend und ungesund. Tru atmete so flach wie möglich.

Sie suchte Bob Jones. Schließlich sah sie ihn aus dem Raum kommen, in dem die Fachleute für Fingerabdrücke untergebracht waren.

„Gibt's etwas Neues?" rief sie ihm zu.

Überrascht sah er auf. „Gutes Timing, altes Mädchen", antwortete er strahlend.

„Wegen des alten Mädchens habe ich dich gewarnt", drohte sie, als er vor ihr stand. „Und was bitte meinst du mit Timing?"

„Das", sagte Bob und hielt ein dünnes, belichtetes Papier hoch. „Unser Freund ist endlich unvorsichtig geworden. Das hier ist sein Fingerabdruck oder zumindest ein sehr guter Ausschnitt davon. Ich werde ihn dem FBI faxen mit der Bitte, ihn von ihrem Computer überprüfen zu lassen."

„Das ist ein Schnäppchen", sagte Tru und klopfte Bob kräftig auf den Rücken. Der Riese schien es kaum zu merken. Tru stellte sich vor, daß sie sich wahrscheinlich die Hand verletzt haben würde, bevor er ihre Bemühungen zur Kenntnis nahm.

„Damit haben wir ihn höchstwahrscheinlich, Tru. Der kleine Ausschnitt stammt von dem Papierfetzen, den du im Reifen gefunden hast. Wenn dein Glück anhält, kriegen wir den Kerl."

„Toll!" rief Tru. „Es wurde aber auch Zeit."

„Der Captain wird enttäuscht sein. Er hat fest damit gerechnet, uns zum Frühstück zu verspeisen." Bob lächelte sie schief an.

„Du sagst ihm einfach, daß er sich was anderes besorgen soll", erwiderte Tru spöttisch.

„Komm, wir erzählen es ihm gemeinsam." Bob nahm ihren Arm.

Als sie sich dem Büro des Captains näherten, sahen sie die gedrungene Figur des stellvertretenden Polizeichefs, Harold Baker, der sich gerade in einen Sessel fallen ließ. Rhonn sah sie auch und winkte sie gespannt herein.

„Irgendwas zu melden?" bellte er.

„Nur Gutes", erwiderte Tru, nickte dem stellvertretenden Chef freundlich zu und reichte Rhonn eine Kopie des Fingerabdrucks.

„Ist das alles?" fragte Rhonn spitz.

„Es ist ein Ausschnitt. Bob wird dem FBI eine Kopie faxen. Wenn unser Mann ein Vorstrafenregister hat, beim Militär war oder sonst einer Sicherheitsüberprüfung unterzogen wurde, haben wir ihn", erklärte Tru.

„Ich sehe, daß es nur ein Ausschnitt ist, Detective. Und falls Sie es vergessen haben sollten: Wenn der Bombenleger nichts von all dem vorzuweisen hat, pfeifen Sie weiter im Dunkeln." Rhonn hielt sich in Anwesenheit eines Vorgesetzten strikt an die vorgeschriebenen Ausdrucks- und Verhaltensweisen.

„Während wir auf die Rückmeldung des FBI warten, sollten wir ein paar Verdächtige überprüfen. Bob und ich können das übernehmen", sagte Tru selbstbewußt.

„Und wie haben Sie diese Verdächtigen bitte ausfindig gemacht?"

„Ich besitze einen Computer und einen Skanner. Ich habe die Namen der Opfer, eine Liste ihrer Kunden, Angestellten und weitere Namen, die ich gesammelt habe, in den Computer eingelesen und durch ein Querverweisprogramm laufen lassen", sagte Tru.

„Das will ich sehen", befahl Rhonn.

Tru zog die Liste aus der Tasche und gab sie dem Captain. Der stellvertretende Polizeichef saß ruhig dabei und lächelte Tru an. Tru hoffte, daß er lächelte, weil ihm ihr Eifer gefiel.

„Seit wann verstehen Sie etwas vom Programmieren?" erkundigte sich Rhonn.

„Seit ich vor zwei Jahren angefangen habe, Kurse zu besuchen. Es hat mich schon lange interessiert, wie wir unsere Informationen besser nutzen können."

„Sie haben Ihr eigenes kleines Programm geschrieben?" fragte Rhonn schlecht gelaunt.

„Ja", erwiderte Tru. Sie mochte den Ton nicht, den seine Stimme angenommen hatte.

„Ein paar Abendkurse, und schon halten Sie sich für das große Computergenie? Ist es so?"

„Nein. Ich habe gesagt, daß ich das Programm zusammengestellt habe und die Namen durchlaufen ließ. Es hat ein paar Verknüpfungen hergestellt zwischen Personen, die Kontakt mit den Opfern hatten oder mit deren Arbeitsplätzen. Ich glaube, der Attentäter hatte irgendeinen Grund, eine Verbindung zu all –"

„Sie glauben? Sie glauben?" donnerte Rhonn.

„Captain, es ist eine Spur, mit der wir weiterarbeiten können. Wir brauchen nicht auf das FBI zu warten. Ich kann mit den Leuten reden..." Tru vermochte ihre Wut kaum noch zu unterdrücken.

„Raus hier. Nehmen Sie Ihre lächerliche Liste und hauen Sie ab. Versuchen Sie, so zu tun, als arbeiteten Sie, während wir auf eine Nachricht vom FBI warten, die uns sagt, wen wir verhaften sollen“, befahl Rhonn.

Tru blickte auf den stellvertretenden Polizeichef und fragte sich, ob er etwas sagen würde. Er rührte sich nicht. Bob tippte ihr auf die Schulter und machte ihr ein Zeichen, mit ihm das Büro zu verlassen. Tru starrte Rhonn an. Er starrte zurück, und zu allem Überfluß grinste er auch noch.

„Dieses arrogante halbgebildete Pack“, sagte Rhonn, als er hinter den beiden die Tür schloß.

Tru hörte noch, wie mehrmals ihr Name fiel, dann war sie zu weit weg vom Büro, und seine Stimme verlor sich.

„Das war wohl nicht so glücklich“, meinte Bob vorsichtig.

„Ja“, sagte Tru. „Schlecht gelaufen.“

„Was nun?“ fragte er.

„Ich denke, du machst das mit dem FBI, und ich arbeite mit der Liste weiter“, seufzte Tru.

Am liebsten wäre sie zum Schießstand gegangen und hätte Rhonns Gesicht auf eine Zielscheibe gepinnt. Sie würde langsam den Abzug spannen und sorgfältig seine Ohren, die Nase, die Augen und den hüpfenden Adamsapfel zu Konfetti schießen. Darauf hatte sie Lust. Das würde ihr gut tun. Sie würde sich danach besser fühlen. Nur hatte sie nicht die Zeit dazu.

„Hier“, sagte sie und ging zum Kopierer. „Ich fange mit den ersten zehn Seiten an und du mit den restlichen zehn. Dann hast du zwei meiner Hauptverdächtigen und ich zwei.“

„Deine Hauptverdächtigen?“

„Ja, die mit den meisten Berührungspunkten. Von denen zumindest ich meine, daß es so ist, es sei denn, der Captain hat recht mit seiner Meinung über meine Programmiererei. Es war ein Experiment. Aber der Gedanke stimmt. Wenn sich herausstellt, daß einer der Burschen zu diesem Fingerabdruck gehört, gewinnen wir, ob es dem Captain gefällt oder nicht."

„Du hast recht, Tru. Ich würde ihn gern zu Kreuze kriechen sehen", sagte Bob.

„Das ist die Hauptsache, nicht wahr?" Tru zwinkerte Bob zu und ging aus dem Büro. Der erste auf der Liste war Clarence Berenger.

# 16

„Na prima“, sagte Tru laut. Sie saß in ihrem Auto und studierte das Telefonbuch von Kansas City. Es gab vier Teilnehmer mit dem Namen Berenger, zwei C. Berenger, einen Clarence Berenger und einen C. „Bob“ Berenger. Die vier wohnten quer über das Stadtgebiet verstreut.

„Hätte schlimmer kommen können. Er hätte ja auch Smith heißen können“, sagte sich Tru und versuchte, optimistisch zu bleiben. Sie seufzte, ließ den Motor an, griff zur Computerkonsole hinüber und drückte den Einschaltknopf. Der Schwarzweißbildschirm wurde lebendig. Sie gab die Adressen der Berengers in Kansas City ein, die sie dem Telefonbuch entnommen hatte, und machte sich auf den Weg zu einem Drive-in-Restaurant.

Der Bildschirm flackerte Tru sein SUCHLAUF! BITTE WARTEN! zu. Sie richtete ihre Aufmerksamkeit teils auf den Verkehr, teils auf das unüberhörbare Knurren, das aus ihrem Magen kam. In ihrer Eile, ins Krankenhaus zu kommen, hatte sie vergessen zu frühstücken. Sie fauchte irritiert über den immer dichter werdenden Verkehr, der ihre Nahrungssuche verzögerte.

Als sie endlich auf das Gelände mit dem verheißungsvollen Zeichen des Burger Galore Drive-in-Restaurants einbog, kam vom Computer ein leises metallisches Pling. Tru fuhr an das Bestellmikrofon heran und betrachtete die Ergebnisse der ersten Suchaktion. Auf dem Bildschirm erschienen die Führerschein- und Krankenversicherungsnummern der verschiedenen Berengers, Tru gab Kaffee, Orangensaft und zwei Rühreier in Auftrag. Sie kopierte die Informationen über die Berengers in einen zweiten Suchgang.

Ihre Bestellung wurde gebracht, und sie steuerte den Park auf der anderen Seite der Hauptstraße an, in der Nähe des Platzes mit dem Brunnen und dem riesigen Bronzepferd. Sie parkte ihr Auto im Schatten einer mächtigen Blautanne und genoß die ersten Bissen ihres Frühstücks, während sie darauf wartete, daß der Computer seine nächste Antwort ausspuckte.

Als sie das erste Rührei mit Kaffee hinunterspülte, produzierte der Computer eine Liste weiterer Daten.

| | | |
|---|---|---|
| Carolyn Berenger, 53 | weiblich | afroamerikan. |
| Catherine Berenger, 24 | weiblich | weiß |
| Clarence „Bob“ Berenger, 72 | männlich | weiß |
| Clarence L. Berenger, 36 | männlich | weiß |

Tru schied die beiden Frauen aus und konzentrierte sich auf die Männer. Aufgrund des Persönlichkeitsprofils, das sie entwickelt hatte, war Clarence Robert Berenger zu alt. Es war kein Bombenattentäter bekannt, der seine Karriere so spät begonnen hatte. Die feurigen oder traurigen Gefühle, real oder eingebildet, die Männer gegen Ende ihres Lebens heimsuchten, versetzten sie im allgemeinen nicht in mörderische Wut. Alter neigt dazu, geduldig und konzentriert auf Rache zu sinnen, findet aber meist weniger gewalttätige Wege. Mit zweiundsiebzig neigte Clarence „Bob“ Berenger vermutlich eher zu List und Täuschung als zu direkter Aktion. Tru konnte sich vorstellen, wie der alte Berenger vor Gericht mit Hilfe eifriger junger Anwälte für seine Sache kämpfte. Als Bombenbastler sah sie ihn nicht.

„Aber ausgeschlossen ist gar nichts", gab Tru sich beim letzten Schluck Orangensaft zu bedenken. Sie zog einen Bleistift heraus und notierte die Adressen der beiden Männer. Da sie nicht weit voneinander entfernt wohnten, beschloß sie, den Älteren zuerst zu besuchen. Der andere, Clarence L. Berenger, wohnte in der Sin-A-Bar Road, über zwanzig Meilen von ihrem momentanen Frühstücksplatz entfernt.

Tru nahm sich die eine Zigarette, die sie sich jeden Morgen gönnte, machte den Bildschirm frei und setzte den Namen Jason Harding ein. Er wohnte am Swope Parkway. Tru sah auf den Stadtplan. Hardings Adresse lag auf halbem Weg zur Wohnung des jüngeren Berenger. Mit etwas Glück, dachte sie sich, hatte sie bis zum Abend mit allen drei Männern Kontakt aufgenommen.

„Auf geht's, Mr. C. Bob", sagte Tru laut, als sie ihr Auto wieder in den Verkehrsstrom einfädelte und zu Clarence „Bob" Berenger fuhr.

# 17

Gegen drei Uhr zweifelte Tru endgültig, daß sich ihr Glück je zum Besseren wenden würde. Während sie zur Sin-A-Bar Road fuhr, wirbelten die Ereignisse der letzten sechs Stunden in ihrem Kopf herum.

Sie hatte mehr als anderthalb Stunden mit C. „Bob" Berenger verbracht. Er war ein interessanter, offensichtlich einsamer alter Mann. Als sie an seine Tür klopfte und sich auswies, zog er sie beinahe ins Haus vor lauter Aufregung. Sie übte sich in Geduld, während er ihr umständlich eine Tasse Kaffee eingoß, vom Verlust seiner Frau erzählte und warum er das Haus nicht aufgeben konnte, das über vierzig Jahre ihr Heim gewesen war.

Sie erklärte, daß sie im Dienst sei, und bat, das Haus sehen zu dürfen. Er war nur zu bereit, ihr alles zu zeigen und die dazugehörenden Geschichten zu erzählen. Sie versuchte, geduldig zu bleiben, und konzentrierte sich auf die Suche nach verdächtigen Anzeichen, während er sie mit den Einzelheiten seines Lebens nach der Pensionierung bombardierte.

Danach beschloß Tru, mit dem Sozialdienst Kontakt aufzunehmen, um eine Selbsthilfegruppe ausfindig zu machen, die seine Einsamkeit und Isolation lindern könnte. Als es ihr endlich gelang, sich zu verabschieden, legte sie den Weg zum Auto beinahe im Laufschritt zurück.

Der Computer hatte ihr mitgeteilt, daß Jason Harding

einunddreißig Jahre alt war. Ein gutes Alter für einen Bomber. Bevor sie zu seiner Wohnung kam, hatte sie durch seine Sozialversicherungsnummer und die Information vom Bundeskriminalamt erfahren, daß Jason Harding seine Militärzeit abgeleistet hatte. Er hatte sich in Waffenkunde ausgezeichnet, als Sprengstoffexperte am Golfkrieg teilgenommen und war sechs Monate später aus nicht näher bezeichneten medizinischen Gründen entlassen worden. Er paßte fast perfekt in das Persönlichkeitsprofil, das sie entworfen hatte. Bevor sie sein Haus erreichte, forderte Tru über Funk Rückendeckung an.

Tru und ihr Team umstellten das kleine Haus. Das Hauptquartier hatte vier Streifenwagen voller Polizisten geschickt, ein Spezialfahrzeug für das Entschärfen von Bomben, das in einiger Entfernung plaziert war, eine Gruppe bis an die Zähne bewaffneter Mitglieder des Sondereinsatzkommandos, die Sicherheitswesten fest über der Brust, und einen Hubschrauber, der über der Szene kreiste.

Tru hatte über ihr Autotelefon die Leute im Haus aufgefordert, herauszukommen. Sie mußte die verängstigte Frau am anderen Ende der Leitung mehrmals bitten, den Hörer hinzulegen und das Haus durch die Vordertür zu verlassen. Zur Überraschung aller und zu Trus Beschämung kamen beide Bewohner ruhig aus dem Haus.

Mrs. Harding, Jasons Mutter, trat auf die verwitterte Veranda, blickte zurück und wartete auf ihren Sohn. Er kam heraus, so schnell er konnte, die gummibereiften Räder seines Rollstuhls zog und schob er mit einem Arm. Die Hälfte der Sondereinheit eilte herbei und fegte die beiden von der Veranda, während die andere Hälfte die fünf Zimmer durch die Hintertür aufrollte. Die Suche hatte nichts ergeben. In den Jahren nach dem Golfkrieg hatte Jason Harding gelernt, selbständig zu werden. Aber zur Herstellung von Bomben war er finanziell, technisch und körperlich nicht in der Lage. Seine Verletzungen hatte er sich im Dienst des Vaterlandes zugezogen, das ihn mit freundlichem Dank und einer winzigen Rente seiner Mutter zurückgeschickt hatte.

Mehrere Stunden später, nach ausführlichen Gesprächen, Erklärungen und Entschuldigungen, mußte Tru eine zehnminütige hitzige Rede Captain Rhonns über sich ergehen lassen. Er hatte geschäumt, gewütet und gedroht, sie dreißig Tage vom Dienst zu suspendieren, während der stellvertretende Polizeichef Harold Baker schweigend zugesehen hatte.

„Captain", warf Harold Baker schließlich ein. „Captain, so etwas kommt vor. Jetzt ist nicht der richtige Augenblick, aber erinnern Sie mich bei Gelegenheit daran, Ihnen zu erzählen, was ich einmal angestellt habe. Ein Wunder, daß ich heil davongekommen bin."

„Was?" fragte Rhonn ungläubig.

„Wie ich sagte. Die Kollegin hat keinen Schaden angerichtet. Sie hat sich an die geltenden Richtlinien gehalten. Wir haben ein wenig Aufregung verursacht, aber keinen Schaden. Schließlich bezahlen wir unsere Leute dafür, daß sie arbeiten und etwas riskieren. Manchmal zahlt es sich aus, manchmal nicht. Wenn wir Risikofreude bestrafen, geht uns nie ein Verbrecher ins Netz."

Tru stand stumm dabei und beobachtete den Wortwechsel. Sie hielt den Atem an vor Erstaunen über die Hilfe und den geschliffenen Stil des Polizeichefs.

„Was schlagen Sie vor?" fragte Rhonn. In seiner Stimme lag ein Zögern.

„Ganz einfach. Schicken Sie sie zurück an die Arbeit. Sie möchten ihr eine Rüge erteilen? Gut. Geben Sie ihr einen Rat in Form eines Briefes und legen Sie den zu ihrer Personalakte. Damit ist die Sache erledigt."

Rhonns Gesicht wurde, als ihm Absicht und Richtung der Anordnung dämmerten, rot und röter. Er sah flüchtig zu Tru, dann wieder zu Baker.

„Aber...?" stotterte er.

„Nicht mehr und nicht weniger, als Sie unter gleichen Umständen auch mit einer anderen Person machen würden. Unter Berücksichtigung ihrer bisherigen Leistungen und Dienstjahre, versteht sich. Erinnern Sie sich noch an den Kurs über Personalführung?" fragte Baker mit Nachdruck.

„Ja, Sir", erwiderte Rhonn.

„Gut." Baker wandte sich von Rhonn ab und Tru zu. „Nun, junge Frau, Sie können wieder an Ihre Arbeit gehen. Versuchen Sie, in den nächsten drei Monaten oder so nichts zu vermasseln. Halten Sie sich gut, wird dieser Brief aus Ihrer Akte wieder entfernt. Einverstanden?"

„Ja, Sir", sagte Tru, machte auf dem Absatz kehrt und verließ das Büro des Captain. Sie wußte nicht, wie ihr geschah. Gab es in der Abteilung oder im Universum Mächte, von denen sie bislang keine Ahnung gehabt hatte? Sie ging zu ihrem Auto auf dem Parkplatz.

Auf ihrer Liste der Hauptverdächtigen stand noch ein Name. Sie entschied sich, mit diesem Mann anzufangen und die Gruppe der anderen Verdächtigen morgen zu bearbeiten.

Der Himmel hatte sich bewölkt und drohte mit kaltem Regen. Die seltsame, interessante Begegnung mit Rhonn und dem stellvertretenden Polizeichef ging ihr nicht aus dem Kopf. Die Schultern fragend hochgezogen, rannte sie durch die dicken Regentropfen, die den Parkplatz zu sprenkeln und aufzuweichen begannen. Über ihrem Kopf entlud sich heftiger Donner, ein starker Nordwind wehte ihr Abfälle und die welken Blätter vom letzten Jahr gegen die Beine.

„Schon wieder ein Tag wie im Paradies", sagte Tru zum Himmel und lenkte ihr Fahrzeug auf die Straße.

Clarence Berenger, so leuchtete es ihr vom Computer entgegen, war männlich, weiß, sechsunddreißig Jahre alt, verwitwet und Mitglied der Nationalgarde von Missouri. Er hatte während und nach dem Golfkrieg im Iran als Panzermechaniker gedient. Er paßte nicht so schön in das Profil wie Jason Harding. Nicht annähernd. Doch das Profil von Jason Harding hatte sich vor ihren Augen in Luft aufgelöst.

Beim Gedanken daran wurden ihre Augen schmal. Sie würde den gleichen Fehler nicht noch einmal machen. Diesmal gab es keine Verstärkung. Auch er war Witwer. Sie fragte sich, wann sie aus seinem Haus wieder herauskäme, wenn er so redselig war wie der alte C. Bob.

Als sie den Swope Parkway entlang zur Sin-A-Bar Road fuhr, zogen sich am Himmel wilde Wolken zusammen. Der Wolkenbruch erwischte sie kurz vor dem Ziel. Tru kam zu dem Schluß, daß das Amt für Straßenbau der Sin-A-Bar Road die niedrigste Dringlichkeitsstufe eingeräumt haben mußte. Schlaglöcher, aufgerissener Asphalt und Regen zwangen sie, langsam zu fahren. Im Vorbeifahren sah Tru gekieste und ungekieste Auffahrten, die von Briefkästen an der Straße angekündigt wurden. Die Auffahrten schlängelten sich von der Straße weg zu höher gelegenen, baumbestandenen Grundstücken.

Tru spähte auf die Namen der Briefkästen und versuchte, den Namen Berenger zu entdecken. Nach drei Meilen erreichte sie das Ende der Sin-A-Bar Road, die in den Highway 71 mündete.

„Scheiße", sagte sie verärgert. Entweder gab es ihn nicht, oder sie hatte ihn übersehen. Der Regen wurde immer stärker. Sie legte den Rückwärtsgang ein und wendete ihr Fahrzeug am unbefestigten Straßenrand. Während sie zurückfuhr, drehte sie wegen des Kondenswassers an der Innenseite der Windschutzscheibe den Ventilator an.

„Einsneunundvierzigfünfundsechzig. Berenger hat einsneunundvierzigsechzig", murmelte sie, als sie an einer Ansammlung strahlend gelber Briefkästen vorbeifuhr. Bei der zweiten Einfahrt verlangsamte sie die Fahrt. Es stand kein Name da. Die Zahlen waren verwischt bis zur Unleserlichkeit.

Tru ließ das Fenster herunter und sah die Einfahrt hinauf. Am Ende stand ein verdunkeltes Haus. Der Wind peitschte ihr den Regen ins Gesicht, da entdeckte sie die einsame Gestalt, die den Weg herunter auf sie zukam. Sie kurbelte das Fenster hoch und wartete.

Sie sah, wie der Mann den Briefkasten erreichte, ihn aufmachte und etwas herausnahm, das aussah wie ein Stapel Rechnungen und Werbezettel. Er blieb stehen, dann blickte er auf und bemerkte Trus Wagen, der auf der gegenüberliegenden Straßenseite parkte.

Tru winkte ihm zu, fuhr in seine Einfahrt und hielt neben ihm. Er wartete, der Regen lief ihm übers Gesicht, während sie das Fenster herunterkurbelte.

„Hallo! Ich habe mich verfahren. Wissen Sie, wo ein gewisser Clarence Berenger wohnt?" Sie beobachtete, wie seine grauen Augen groß und rund wurden und sein

Mund aufklappte. Er stieß einen gurgelnden Laut aus, machte einen Schritt zurück, stolperte, fiel, rappelte sich wieder auf und rannte zum Haus.

„Warten Sie", schrie Tru und fuhr hinter ihm her. Der Regen hatte die Auffahrt in einen Fluß aus Kies und Schlamm verwandelt. Der Wagen schleuderte und näherte sich gefährlich den tiefen Rinnen auf beiden Seiten. Sie hatte zu stark aufs Gas gedrückt und kämpfte nun heftig mit dem Steuer. Der schlammige Untergrund war unberechenbar. Das Fahrzeug rutschte in die breite, mit Wasser gefüllte Rinne.

Tru schnappte sich das Mikrofon des Funkgeräts, schrie ihre Position hinein und bat um Verstärkung. Sie warf das Mikro auf den Beifahrersitz und stieß die Tür auf. Während sie aus dem Wagen kletterte, zog sie ihre Pistole und rannte dann dem Mann nach.

Sie platschte durch den wirbelnden Schlamm. „Mr. Berenger!" schrie sie, als sie es zur Haustür geschafft hatte. Unter dem breiten, schützenden Vordach hämmerte Tru an die Tür und drückte sich an die Wand. „Mr. Berenger!" rief sie.

Schüsse krachten. Wenige Zentimeter von der Stelle des Türrahmens entfernt, an der sie mit Brust und Kopf lehnte, waren zwei tiefe Löcher. Tru warf sich ins nasse Gras und in den Schlamm. Ein weiterer Schuß sprengte die Angeln. Sie rappelte sich wieder hoch.

„Miststück" brüllte Berenger durch die zerstörte Tür. Drei weitere Schüsse mischten sich mit dem rollenden Donner des nachmittäglichen Gewitters. Berenger folgte den Schüssen und kam in großen Sprüngen auf die überflutete Veranda.

Schlamm und Regen spritzten Tru in die Augen, als sie

sich schutzsuchend unter die Veranda rollte. Sie hob ihre Pistole und feuerte dreimal in die Richtung, in der sie Schritte zu hören glaubte.

Über Trus Kopf schrie jemand. Eine ihrer Kugeln hatte wohl ihr Ziel getroffen. Unmittelbar auf den Schrei folgte ein Schuß, der den Boden der Veranda durchschlug. Ein Regen von Holzsplittern und Schrotkugeln prasselte herab und grub sich in ihre linke Schulter. Tru schnappte vor Schmerz nach Luft und rollte zur Seite. Er schoß noch einmal. Diesmal traf er sie nicht.

Sie robbte seitwärts und drückte sich gegen die Hauswand, fort vom sicheren Tod. Dann drehte sie sich und feuerte in schneller Folge viermal. Sie rollte sich weg, um der Falle zu entkommen.

Als Tru sich den Regen aus den Augen wischte, sah sie die Ecke der Veranda, den Regen davor und hörte das Gewitter die Luft zerreißen. Furcht, Verzweiflung und Verwegenheit tobten in ihr. Sie richtete sich auf und versuchte, sich ins Freie zu zwängen, fühlte aber nur den knochenbrechenden Schlag der Holzträger auf ihrem Rücken.

Über sich hörte sie ihn herumstolpern und das Gewehr nachladen. Sie umklammerte ihre Waffe, zog die Beine an, stieß heftig zu, warf sich mit einem Satz hinaus in den Garten und rollte sich auf den Rücken. Sie blinzelte durch den Regen und suchte ihren Angreifer.

Vor ihren Augen erschien unscharf das Bild eines Mannes, der unter dem schützenden Dach herumtorkelte. Beim bedrohlichen Geräusch eines einrastenden Gewehrlaufs verzerrten sich ihre Lippen zu einem verzweifelten Grinsen. Sie rollte sich herum und feuerte auf Berenger.

Ihre Panikaktion bewirkte, daß er sein Gewehr von

sich warf und in Deckung ging. Die Kugel flog knapp an ihm vorbei, als er ins Haus stürzte.

Tru richtete sich mühsam auf und stöhnte. Ihre Schulter tat scheußlich weh. Sie rannte gebückt zum Haus und drückte sich schutzsuchend gegen die abblätternde Farbe.

Sie blickte zu den Fenstern über ihr, zum anderen Ende des Hauses und wieder zur vorderen Veranda. Das Prasseln des Regen und der Donner verschluckten jedes Geräusch. Sie duckte sich unter die Fenster und rannte zur Rückseite des Hauses. Dort sah sie gerade noch, wie der Lastwagen mit dem Campingaufbau wild hin und her schlingerte. Er krachte rückwärts in die freistehende Garage, kam zum Stehen, die Räder drehten durch.

Tru konnte den Fahrer nicht sehen, wußte aber, daß es Berenger war. Sie hob ihre Waffe und schoß auf die Windschutzscheibe. Die Kugel zerschmetterte das regenverspritzte Glas.

Berenger rammte den Gang ein. Der Wagen schoß nach vorn und donnerte den Weg hinunter. Tru rannte ums Haus und feuerte hinterher.

Sie griff nach einer zweiten Ladung Munition an ihrem Gürtel. Das leere Magazin glitt aus der Waffe, während sie gleichzeitig das volle hineindrückte. Tru zielte auf die Fahrerseite und feuerte alle vierzehn Schuß in das dünne Blech. Das Fahrzeug schlingerte, bremste, rutschte wild auf dem Schlamm und knallte dann gegen Trus Auto. Der Motor heulte auf, die Reifen drehten sich sinnlos gegen ihr ruiniertes Fahrzeug. Niemand stieg aus.

Tru wankte zum Lastwagen. Sie griff nach dem letzten Magazin an ihrer Hüfte, ließ das leere zu Boden fallen und näherte sich vorsichtig dem stillen Fahrzeug. Durch den Regen drang Sirenengeheul an ihr Ohr.

In diesem Augenblick wurde die Fahrerkabine von einer Explosion zerrissen. Im nächsten Moment passierte das gleiche mit dem Campingaufbau. Feuer, Hitze und Druckwellen schossen ihr entgegen.

Sie wurde zurückschleudert und rollte in den schlammigen Kies. Die spitzen Steinchen bohrten sich in ihren Rücken. Sie war wie gelähmt und nahm das Grollen des Donners über ihrem Kopf kaum noch wahr. Das Sirenengeheul, das sich auf beunruhigende Weise zu entfernen schien, hörte sie nur noch ganz schwach.

Ehe sie das Bewußtsein verlor, war ihr letzter Gedanke, daß sie die Verabredung mit Marki zum Abendessen nun nicht einhalten konnte.

# 18

„Besuch für Sie."

Tru gab einen gurgelnden Laut von sich, um Kehle und Mundbewegungen zu koordinieren.

„Besuch für Sie", insistierte die ferne Stimme.

„Ja... nein...", antwortete Tru. Ihre Schulter schmerzte, und der Kopf pochte so stark, daß sie den schützenden Schlaf zurücksehnte.

„Tru? Tru, bist du da?"

„Nein", protestierte sie.

„Tru, los, wach auf." Die Stimme kämpfte um ihre Aufmerksamkeit.

Tru öffnete die Augen, und vor ihr erschien langsam das undeutlich schwankende Bild einer rothaarigen Frau. Sie blinzelte, schloß die Lider und nahm sich vor, schärfer hinzusehen. Sie öffnete die Augen, und Markis Gesicht wurde deutlicher.

„Wa..." Tru kämpfte mit ihrer schweren Zunge.

„Ich bin's", drängte Marki.

„Ja", sagte Tru. Sie fühlte die Hand, die in der ihren lag, und drückte sie als Zeichen des Erkennens.

„Du bist schon eine Marke. Weißt du das?" fragte Marki und versuchte, ihrer Stimme die Angst nicht anmerken zu lassen.

„Oh", brachte Tru hervor. Sie fühlte sich etwas wacher, hatte aber keine Ahnung, wo sie war.

„Ja, das bist du. Du hast alle in größte Sorge gestürzt. Ich habe meinen guten Ruf aufs Spiel gesetzt, nur um dich besuchen zu können."

„Wieso?" brachte Tru heraus.

„Ich habe ihnen gesagt, ich sei deine – wie nennst du es? – deine Seelenklempnerin. Das steht jetzt im Besucherbuch des Krankenhauses. Wie kann ich dich verführen, wenn das über meinem Haupt schwebt?"

„Sehr vorsichtig?" schlug Tru vor.

„Keine Sorge", sagte Marki nachdenklich. „Keine Sorge."

Tru versuchte zu lächeln, wegen der Medikamente brachte sie nur einen schiefen Mund zustande und sank wieder in Schlaf.

***

Bob Jones sah sie als erster. Ein großes Grinsen breitete sich auf seinem Gesicht aus. Tru war fünf Tage im Krankenhaus gewesen. Er freute sich, sie zu sehen, und kam in einem Tempo auf sie zu, das ihm niemand zugetraut hätte.

Tru wappnete sich. Er legte mit aller Sanftheit und Behutsamkeit, zu der er fähig war, seine Hand zum Willkommen auf ihre unverletzte Schulter.

„Wie geht's, altes Mädchen?"

Tru sah zu ihm hoch. „Weiß deine Frau von unserer bevorstehenden Verlobung?"

„Nein, aber ich werde es ihr vorsichtig beibringen." Er lachte und begleitete sie zu ihrer Abteilung.

Während der nächsten zwanzig Minuten badete Tru in einem Meer von Glückwünschen. Alle waren da. Es war ein gutes Gefühl. Es war fast wie früher, vor Captain Rhonn. Sie waren besorgt, wenn auch nicht übertrieben besorgt, neckten sie und spöttelten über das Ausmaß ihrer Verletzungen. Sie waren fürsorglich und nahmen auf ihre unbeholfene Art Anteil. Es war gut so. Sie war entspannt und genoß es. Sie mochte die Männer und Frauen, mit denen sie zusammenarbeitete. Sie waren ein Teil ihrer Familie.

Ihr Blick fiel auf die Tür des Captains, Bob sah es.

„Er ist für eine Weile weg", sagte er lachend.

„Machst du Witze?"

„Nein. Ein kleiner Bildungsurlaub oder so. Anscheinend hat man ihn zur Fortbildung geschickt, damit er das eine oder andere über Personalführung hinzulernt. Ist das zu glauben? So begabt und dann zu einem Auffrischungskurs geschickt werden?" Bob grinste maliziös.

„Nun", sagte Tru, „es hat den Richtigen getroffen." Sie lächelte Bob erfreut an und noch erfreuter die riesige Torte, die gerade gebracht wurde.

„Es gibt immer einen Grund, sich vollzustopfen", sagte sie vergnügt.

Sie aßen, redeten und lachten fast den ganzen Vormittag. Während sie Willkommen feierten, erzählte Bob, was sie in Clarence Berengers Haus gefunden und welche Schlüsse sie daraus gezogen hatten.

„Berenger wollte offenbar den Tod seiner Frau rächen. Wir fanden ein Notizbuch, in das er nach ihrem Tod Eintragungen machte. Sie hatte einen langen Arbeitstag bei Southwick hinter sich. Es war schon spät, als sie sich auf den Heimweg machte. Sie ist einfach am Steuer eingeschlafen, fuhr gegen einen Brückenpfeiler und war sofort tot. Berenger machte Southwick dafür verantwortlich. Wir wissen es nicht hundertprozentig, aber wir nehmen an, daß die Trauer zum Zentrum seines Lebens wurde und er allen Künstlern die Schuld gab. Wir fanden mehrere Nummern des *K.C. Entrepreneur Magazine.* Jedes der Opfer war, etwa einen Monat bevor er ihm die Bombe schickte, in der Zeitschrift aufgetaucht."

„Aber warum zuerst der in Olathe?" fragte Tru.

„Keine Ahnung. Vielleicht zum Üben. Er wurde besser, nicht wahr? Southwick wurde getötet. Er hat die Kästchen selbst hergestellt. Ein geschickter Handwerker. Bevor seine Frau starb, hat er die Kästchen an Kunsthandwerksläden verkauft. Meist waren es Spieluhren. Es gibt Leute in der Stadt, die eines dieser Dinger besitzen und nichts über den Zusammenhang wissen. Witzig, nicht wahr?"

„Wenn du meinst. Obwohl es nicht meine Definition von Witz ist", sagte Tru kopfschüttelnd.

***

Bob begleitete Tru zu ihrem Schreibtisch und fragte, wie lange sie an ihrem ersten Arbeitstag arbeiten dürfe.

„Bis ich müde werde", erwiderte sie.

„Als der Dienstältere sage ich, es ist Zeit für dich, nach Hause zu gehen. Warum nimmst du nicht deine Spielsachen und haust ab?"

Tru erblickte die Rosen, Karten und das Päckchen auf ihrem Schreibtisch. Sie lächelte und sah Bob fragend an.

„Nicht von mir, altes Mädchen. Meine Frau würde mich umbringen", erklärte er bestimmt. „Ich habe ihr keine Blumen und Pralinen mehr geschenkt, seit wir zwanzig waren – oder noch länger."

Tru nahm die Karte, die in den Blumen steckte. *Dir*

*treu zu sein, ist nur ein Teil des Begehrens.* Unterschrieben mit „M.C.". Tru wurde rot. Sie hatte Marki seit ihrer Entlassung aus dem Krankenhaus nicht gesehen.

„M.C." las Bob über ihre Schulter. „Müssen wir etwas besprechen?" fragte er mit seiner autoritärsten Stimme.

„Nichts. Es gibt nichts, worüber du Bescheid wissen müßtest, Bob. Bestimmt." Tru packte Blumen, Karten und das Päckchen zusammen. „Ich glaube, ich folge deinem Rat. Außerdem müßte ich einen kleinen Anruf machen, um mich zu bedanken. Ihr kommt doch ohne mich aus?"

„Irgendwie werden wir schon zurechtkommen."

„Bis später." Tru verließ winkend das Büro.

Zu Hause legte Tru Blumen und Päckchen auf den Eßtisch, ging ins Bad und aalte sich lange im parfümierten Badewasser. Das Telefon klingelte. Sie kletterte aus der Wanne und stellte fest, daß bereits aufgelegt war. Aber der Anrufbeantworter hatte die Nachricht aufgezeichnet.

Marki würde in gut zwanzig Minuten zu Hause sein, ließ Sara sie wissen.

Tru stieg in ihre Kleider, schnappte das Päckchen und rannte hinaus zum Auto. Sie konnte sich beinahe nicht zurückhalten, das Geschenk, das Marki ihr geschickt hatte, auf der Stelle aufzumachen.

***

„Da bist du ja", sagte Marki strahlend, als Tru eintrat.

„Und da bist du." Tru lächelte breit. „Deine Sekretärin sagte mir, daß du früher nach Hause gegangen bist." Das Päckchen trug sie unter dem Arm.

„Gute Sekretärinnen sind Mangelware. Ich bin froh, daß sie dich benachrichtigt hat. Was hast du denn da?"

fragte Marki, nahm Tru bei der Hand und führte sie ins Wohnzimmer.

„Das Geschenk, das du mir geschickt hast“, sagte Tru und legte das Päckchen auf den Sofatisch.

„Ich habe dir Blumen geschickt, meine Liebe. Keine Pralinen. Welche Frau hast du sonst noch am Bändel?“

„Keine. Ehrlich.“

„Das Beweismaterial“, sagte Marki, „könnte dich widerlegen.“

„Nein, wirklich. Es kommt also nicht von dir?“ Tru nahm das Päckchen und sah auf den Poststempel. Er trug das Datum vom letzten Freitag. Kein Absender angegeben.

„Wer hat dann –“ Marki stockte, als sie den Ausdruck auf Trus Gesicht sah. „Was ist los?“

„Wann hast du die Blumen geschickt?“

„Heute morgen. Du hast gesagt, daß du heute wieder arbeiten willst. Ich dachte, sie wären eine nette Überraschung.“

„Dieses Päckchen liegt seit Montag, spätestens Dienstag auf meinem Schreibtisch.“

„Was ist daran so besonders?“

Tru legte das Päckchen vorsichtig auf den Tisch. Ihre Kopfhaut kribbelte elektrisiert, seit sie die ungelenke Handschrift erkannt hatte, mit der die Adresse aufgemalt war.

„Zu besonders, um nicht zu reagieren. Ich muß telefonieren, und dann sollten wir lieber zu mir gehen.“

„Fühlst du dich auf eigenem Territorium sicherer?“ Markis Stimme klang eine halbe Oktave tiefer als sonst.

„Im Augenblick jedenfalls sicherer als hier.“ Tru blickte sich suchend nach dem Telefon um.

„Ganz wie du möchtest. Aber ich glaube nicht, daß du dort so sicher bist, wie du es dir vorstellst."

„Meinst du?" Tru wählte die Nummer der Sprengstoffspezialabteilung.

Während Marki einen Mantel holte, redete Tru schnell in den Hörer. Sie nannte die Adresse, versicherte, das Haus sei völlig leer und erklärte, sie würde nicht abschließen. Man versprach ihr, sich um alles zu kümmern. Sie würde Marki eine Erklärung schulden, aber das konnte warten. Sie hoffte auf Markis Verständnis.

„Ich bin fertig, Tru, können wir gehen?" fragte Marki als sie aus ihrem Zimmer kam. Sie legte ihre Hände auf Trus Hüften, zog sie an sich und küßte sie.

„Hoppla", sagte Tru, als sie wieder nach Luft schnappen konnte. „Vielleicht ist meine Wohnung doch nicht so sicher."

„Nicht vor mir. Nicht jetzt oder zumindest nicht für lange", antwortete Marki. Gemeinsam wandten sie sich zum Gehen.

## Offensive Krimis auf einen Blick

**Angelika Aliti, Die Sau ruft**
ISBN 3-88104-297-0

**Nikki Baker, Goodbye für immer**
ISBN 3-88104-279-2
**Lady in Blau**
ISBN 3-88104-256-3
**Chicago Blues**
ISBN 3-88104-235-0

**Rose Beecham, Fair Play**
ISBN 3-88104-284-9
**2x darfst du raten**
ISBN 3-88104-271-7
**Ihr Auftritt, Amanda**
ISBN 3-88104-248-2

**Kate Calloway, Erster Eindruck**
ISBN 3-88104-292-X
**Zweite Geige**
ISBN 3-88104-299-7
**Dritter Grad**
ISBN 3-88104-304-7

**Janet McClellan, Kansas City-Bomber**
ISBN 3-88104-305-5

**Lauren Wright Douglas, Lavendelbucht**
ISBN 3-88104-291-1
**Die Wut der Mädchen**
ISBN 3-88104-263-6
**Jahrmarkt des Bösen**
ISBN 3-88104-250-4
**Herz der Tigerin**
ISBN 3-88104-236-9

**Penny Sumner, Kreuzworträtsel**
ISBN 3-88104-262-8
**April, April**
ISBN 3-88104-244-X

**Lisa Haddock, Finaler Schnitt**
ISBN 3-88-104-285-7
**Falsche Korrektur**
ISBN 3-88104-278-4

**Verlag Frauenoffensive**

## Offensive Krimis auf einen Blick

**Kitty Fitzgerald, Die Frau gegenüber**
ISBN 3-88104-222-9

**Penny Mickelbury, Nachtgesänge**
ISBN 3-88104-270-9
**Schattenliebe**
ISBN 3-88104-258-X

**Ellen Hart, Höflicher Beifall**
ISBN 3-88104-298-9
**Kleinc Opfer**
ISBN 3-88104-272-5
**Tödliche Medizin**
ISBN 3-88104-257-1
**Lampenfieber**
ISBN 3-88104-243-1
**Winterlügen**
ISBN 3-88104-237-7
**Dünnes Eis**
ISBN 3-88104-229-6

**Claire McNab, Geheimer Kreis**
ISBN 3-88104-290-3
**Marquis läßt grüßen**
ISBN 3-88104-277-6
**Bodyguard**
ISBN 3-88104-264-4
**Das Ende vom Lied**
ISBN 3-88104-242-3
**Ausradiert**
ISBN 3-88104-217-2
**Tod in Australien**
ISBN 3-88104-214-8

**Karen Saum, Panama Connection**
ISBN 3-88104-230-X
**Mord ist relativ**
ISBN 3-88104-209-1

**Pat Welch, Ein anständiges Begräbnis**
ISBN 3-88104-286-5
**Stille Wasser**
ISBN 3-88104-249-0
**Das Blut des Lammes**
ISBN 3-88104-218-0

**Hannah Green**

**Ich habe dir nie einen Rosengarten versprochen**
Bericht einer Heilung
rororo 4155

**Mit diesem Zeichen**
Roman
rororo 4869

**Wenn es Sommer wird**
Erzählungen
rororo 4992

**Ohne sich zu berühren**
Erzählungen
rororo 5661

**Eine Zeit wie im Paradies**
Roman
rororo 5901

**Herbstzeitlose oder Glückliche Fügung?**
Roman
rororo 12186

ro ro ro

C 2062/6

# Howard Fast

**Die Einwanderer**
Roman. Deutsch von Karl A. Klewer
440 Seiten. Gebunden und rororo 5106

**Die Nachkommen**
Roman. Deutsch von Karl A. Klewer
480 Seiten. Gebunden und rororo 5262

**Die Arrivierten**
Roman. Deutsch von Karl A. Klewer
400 Seiten. Gebunden und als
rororo 5696

**Die Erben**
Die Lavettes und ihre Schicksale
Roman. Deutsch von Karl A. Klewer
416 Seiten. Gebunden und als
rororo 5765

**Max**
Eine spannende und bewegte Saga aus der turbulenten Zeit, als die Bilder laufen lernten.
Roman. Deutsch von Karl A. Klewer
448 Seiten. Gebunden

**Der Außenseiter**
Roman. Deutsch von Karl A. Klewer
rororo 5614

**Die Tochter des Einwanderers**
Roman
Deutsch von Alfred Hans.
352 Seiten. Gebunden

rororo

C 1059/7